U0128697

呂建春著

文史哲詩叢

冬雷震震

文史哲出版社印行

國家圖書館出版品預行編目資料

冬雷震震 / 呂建春著. -- 初版. -- 臺北市：
文史哲，民 100.1
　頁：　公分. --（文史哲詩叢；96）
　ISBN 978-957-549-950-1 (平裝)

851.486　　　　　　　　　　100000866

文 史 哲 詩 叢　　96

冬　雷　震　震

主　編　者：呂　　　建　　　春
出　版　者：文　史　哲　出　版　社
http://www.lapen.com.tw
登記證字號：行政院新聞局版臺業字五三三七號
發　行　人：彭　　　正　　　雄
發　行　所：文　史　哲　出　版　社
印　刷　者：文　史　哲　出　版　社
臺北市羅斯福路一段七十二巷四號
郵政劃撥帳號：一六一八〇一七五
電話 886-2-23511028 ‧ 傳真 886-2-23965656

實價新臺幣三二〇元
中 華 民 國 一 百 年 （2011） 元 月 初 版

冬 雷 震 震

目　　次

6　多雷震震

口腔運動（代序）

── 讀呂建春政治詩

阿　鈍

　　或明或暗，政治往往是動嘴巴的事。《吹鼓吹詩論壇》「政治詩」發表區的主持人呂建春的政治詩似乎特別關注到政治的口腔作用，顯然是別有所見。有些詩像〈駙馬這樣做〉，敷演見不得光的飲宴中共構的政商勾當，語意明白而不留餘地，即使發掘不深，啓蒙有限，只說了大家都已經熟悉的事，但緊實的節奏足以催湧讀者血壓向上，而簡易如通俗劇的闢喻又隨之舒張了血脈。從詩史的角度看，「馬無野草不肥」顯然是將向陽六〇年代嘲諷地方政治的台語詩挪用到現今，當年的賢人陳阿舍如今升級爲「駙馬」。而露齒咬布袋的老鼠，更是俗諺從向陽的「黑天暗地」裡鑽出來，再與詩經裡的兩隻大老鼠（〈碩鼠〉「碩鼠碩鼠，無食我黍」與〈行露〉「誰謂鼠無牙，何以穿我墉」）基因拼接的現代產物。呂建春輕鬆併用俗典、今典與古典，使得本來看似扁平的詩境縱深獲得大幅拓展。可見只要抓得住某種共通的人性質素，並賦予它一定文化的背景，即使時空異變，詩的怨刺作用一樣有效。如果說政治詩不擬自限於學院美學的滿足，而希冀能面向大眾，真正發揮詩「可以群」的社會性能的話，我以爲這樣的寫法也許是起碼的。

〈駙馬這樣做〉

馬無野草不肥
沒有該不該吃的問題
如果需要參加飯局
不是大駕請不請
只有交情套不套
名片交不交換的關係
狗見到骨頭總是要啃
不會管貪不貪吃
老鼠咬破布袋
不會有沒有牙齒的問題

飯局裡交易的消息
是耳朵有沒有聽清楚
塞住牙縫的肉屑
不會是肥是瘦是多是少
剔牙的牙線到底多長
沒有懷疑的問題
蒼蠅碰到食物
不管垃圾還是乾淨
總是嗡嗡暢快自得其樂
不是貪不貪心的問題

虎豹不會有良心的問題
獅子開口就要吃肉

禽獸自有禽獸的天性
狼不吃羊就要餓死
是蚊子就要吸血
是狗就會搖著尾巴
吃完飯局抹了嘴
別人怎樣買單沒有關係
只有肚皮飽不飽的問題
難道這樣做錯了嗎

　　但政治詩不僅只是止於遠遠朝向黑頭車和隨之前呼後擁的一群變身狐黨，投以一雙凌厲的眼睛，或一張咧嘴訕笑的臉，大家笑話笑話或揮揮拳頭就自我感覺良好了。〈2006 罄竹難書的話劇〉前三段演出朱門酒肉臭的鬧劇，可第四段還為這齣戲掛上一幅駭人的「樹有吊死骨」的大布景。「島嶼像狗啃過的骨頭／天色窒息的時候／有人拉緊領帶／覓食的麻雀頸上的繩索／讓臉紅脖子粗的秋天／和擠完汁的檸檬／成為牙齒掉落的話題」，一個個可悲復可笑的意象像擠檸檬汁似地擠出下一個，連續指控政治與經濟環境的惡化，新富階級卻關門緊吃，最後終於難堪的落齒。「齒」之為義，是蛀壞根本的齲齒，是和血吞飲的酸苦，是最深化得最地道的階級墮落。而最可悲的是，這一掛掛串接不休的悲哀，竟只能成為老掉牙的「話題」。詩的聲響歷經大聲喧嘩而終歸於新聞之後囁嚅無力的沉默。如此的沉默，於詩是「萬馬齊瘖」的至沉至痛，算是「無聲勝有聲」的一類了。老嫗能解的一個字詞，俗歸俗，卻觸到良知底層的牙齦腫痛。呂建春憐憫島嶼在 M 型社會下無路求生的賤民，教人既是齒酸，又是心酸。詩裡三次出現「主人」，彷彿大搖大擺的真「民主」，但如今真

正的現實是：大吃豪飲島嶼血肉的才是主人，「人民當家作主」
純然是說說而已的選舉語彙罷了，誰會相信當年的革命者還有一
些左的理想？

〈2006 磬竹難書的話劇〉

高傲的綠枝上
鳥聲提高閃亮的音階
一群群宴請的人馬薈集
比鳳凰花更加火紅的
是喧嘩的舌頭
夏天踩住狗的尾巴
狂吠的陽光亢奮焦急

主人自有主人的道理
加了糖水的檸檬汁
不能一一止渴
黑鴉鴉冒煙的人頭
大火向上燒天
滿地激烈的口水噴濺
比汗水蒸發容易

吃到剩下一根雞肋
主人的笑容像個開罐器
響亮的頭銜印在名片
有人屁股黏住椅子
一肚子肥肉下墜

頻頻打著嗝
冒出腐敗的口氣

島嶼像狗啃過的骨頭
天色窒息的時候
有人拉緊領帶
覓食的麻雀頸上的繩索
讓臉紅脖子粗的秋天
和擠完汁的檸檬
成為牙齒掉落的話題

　　另外〈總統的談話〉分四段解構大當家的名詞、動詞、形
容詞和副詞，一時間只見齒舌共舞，權位落座。相較於諸多老少
爺政客那些碎散、不連貫的話語，以及那些長期悶在罐頭裡、間
歇插入的沉默笑聲，詩人似乎更努力於從口沫中蒐尋確切的字
詞，重建正常的話語。第三段的以噴沫般的星子襯映臉上的光，
乍看光可鑑人，實則暗夜行路，是深悉光影者的透視。

〈總統的談話〉

空氣穿過他的嘴巴
動詞像牙齒開始鬆動
沒能咬碎的飯粒
在牙縫間向外張望現實
讓大家洞徹陳腔

閃過牙齒不小心的咬合

名詞含義不明
像舌頭吞吐不定
影響字典的銷售使用
並造成王后的呻吟和哈欠

配合誇大的手勢生動
活潑潑形容詞亂跳
像飛濺的口沫推陳出新
噴散滿天星子
增加面孔強調的亮光

當然還是副詞最多
並且必須如此所以不然
說話停頓的時候
沒有掌聲重覆等候
吻合屁股坐扁坐熱的椅墊

　　但呂建春恐怕是絕望了。在「政治詩版」最新一首〈聽見了這個國家的語言〉，呂建春將廣場上的怒吼連結到嗡鳴羣集飽血公義的蚊子以及畏光旋飛的蝙蝠，末日般的意象充斥著惱人的聲音，呈現出當前政治與語言之間某種怪異的連結關係。此處造成詩人恐懼的，是一種在強大的集體性中被消化、耗竭、衰毀的語言。也許可以說：語言一旦脫序，理想也隨之離析。君不聞「惡法亦法」的論調，竟然有臉二十年來從行政唱到司法，還一唱再唱，全然無視於「惡法是惡」的事實，死老百姓腦子裡本來就有限的名詞、動詞、形容詞和副詞，大概也都枯懶得只剩下一

個驚歎號了！

〈聽見了這個國家的語言〉

足衣足食然後
熱血的男女占據街頭
呼喊震天的口號
抗議政府不公不義
有人淚水沾襟
有人開始絕食

集體難得趁機
叮著吸著一腹滿滿
熱氣騰騰的血
天理四下散佈
信仰黑夜的蚊子
解放了公義的語詞

大道風行草偃
吃下一層層黑暗
吃掉聚蚊成雷
消化掉折騰的熱血
蝙蝠見不得光
飛繞更深更遠的夜

14　冬雷震震

美國篇

John F Kennedy : When power leads men towards arrogance, poetry reminds him of his limitations. When power narrows the areas of man's concern, poetry reminds him of the richness and diversity of his existence. When power corrupts, poetry cleanses, for art establishes the basic human truth which must serve as the touchstone of our judgment.

16　冬雷震震

黑與白

神說有光就有了光
晨光安安靜靜
像皮膚發散光芒
我盥洗著發白的靈魂
在窗口遠遠看見
他們在田野彎腰幹活
埋頭浸在汗水裡
分不出來身子和影子

我的眼睛蔚藍明亮
在窗口看見他們
影子混合塵埃的身體
烈日當空燃燒
焦黑曝曬的皮膚下
想必沒有鮮紅的血
他們的靈魂即使乾渴
恐怕不能漂白

剔牙的時候
我在窗口遠遠看見
落日和他們的身影

曬不傷的黑皮膚
像即將到來的夜色不安
他們唯一發白的牙齒
會不會像末日的月牙
出現在黑暗恐懼的夢裡

5/17/2003

上帝是個猶太人

上帝曾和我們一起
像待宰的羔羊
血淚乾在集中營裡
焚化爐冒出濃濃黑煙
歷史無言以對

黑暗哭泣的聲音
呼喚著放牧的人子

像狼群回到故鄉曠野
闖入代罪犧牲的羊群
炸彈四處開花結果
我們同聲祈禱
上帝站在我們這邊

曠野迷失的人子
呼喚著犧牲的羔羊

異教徒圈入難民營裡
黑暗嘶啞的聲音
在敵人面前
我們擺下最後的晚餐
上帝無言以對

2/11/2003

現代巴別塔的啓示錄

紐約客面色如樓影暗地蒼白而巴別塔高過浮雲
天知道猶太人金錢阻塞世界人心和虛構自由女神

紐約客仰望上蒼救世真主變亂各方語言言行不通
天知道美利堅老鷹變戰機恐怖虛空黯然崩塌銷魂

3/30/2003

石頭裡掙扎的禱告聲

死者的呼息
帶來風沙不停的日子
磨破的掌心緊緊抓住
錯亂絆腳的石頭
石塊壓在弟兄親友的墳上
一塊疊著一塊
新的血跡覆蓋舊的血跡
吃沙子長大的日子
我們丟擲石塊
換來了機槍冒火的回報
落日灑下血汗蒸騰的紅霞

數不清的屍體在地裡腐爛
福音四處傳播
死者的眼睛信仰和平
目光空洞洞冒出青煙
火焰翻開了燙金的經書
讓我們回過神來
看見夢中大地震裂的異象
一地星星破碎的石塊
石頭裡掙扎的禱告爆裂開來

巨大動魄的聲響
讓全世界喪失心魂

跳過燒焦的屍體
小雞拔光了羽毛怯怯
躲在窗後心驚胆破
驚魂失神的記者來自各國
陽光迅速穿過玻璃破碎
留下切割的傷痕
像血找到喘息釋放的傷口
牙齒咬碎石塊
末路漫長的盡頭
沙粒塞滿血紅的眼睛
黑暗使死者更加互相親近

塵埃漫天飛揚
遮蔽星星留下的彈孔
死者的呼息
帶來風沙不停的長夜
煙火熏黑天堂
風乾的新仇加上舊恨
石塊一塊疊著一塊
我們暗暗蒐集
恐懼收割的夢魘
一邊觀望星星閃爍其詞
一邊背誦晦暗的經文　　　　4/7/2004

美國的正義

一

恐怖的天空嚎叫
飛彈快速切過
切穿死亡管轄的領空
人們閉上眼睛
失眠的星星掉落一地

握緊手淫的意志沖沖
拳頭捶響桌面
Feels good！好爽！
總統快口的直言硬邦邦
震盪整座沙漠
畫下改頭換面的地圖

太陽嚇得臉色發青
穿過冒煙冒火的雲朵
穿沈默顫抖的天空
戰機像老鷹飛翔
高高俯視著膽怯的世界

3/21/2003

後記：

三月二十日布希總統下令發動攻擊伊拉克，開始美國史無前例的先發制人戰爭。加州水星報連日報導美伊衝突情事，當日頭版新聞報導布希直言好爽的消息，閱後有感而發，遂成此詩。「畫地圖」是手淫或夢遺的隱語。

San Jose Mercury News 3/20/2003 Thursday

"On my order, coalition forces have begun striking selected targets of military importance to undermine Saddam Hussein's ability to wage war," President Bush said during a four-minute address to the nation Wednesday night. "These are the opening stages of what will be abroad and concerted campaign."

Bush warned that the battles in the days ahead "could be longer and more difficult than some predict."

Minutes before the speech, an internal television monitor showed the president pumping his fist. "Feels good," he said.

Later today, Saddam appeared on state television and thundered defiance against Bush. "The criminal little Bush has committed a crime against humanity," he said.

二

無端端來惹事生非
山姆大叔生氣了
後果相當嚴重
一根根青筋暴露

自由女神握緊了拳頭

老鷹展翅飛翔
天空繃著臉色鐵青
有人要找罪受

象徵白白的光明
上帝站在美利堅這邊
愛國的熱血化為
槍聲激辯黑煙的火花

一路踢翻了很多屁股
踢爆很多卵子
大兵的靴子黑亮
踩著屎尿大步前進

踹開地獄大門
雞飛狗跳血肉橫飛
死亡驚恐的目光
張大了美國的正義

10/25/2005

三

炮彈落在遙遠的遠方
我們沒有聽見
出戰的理由
還在電視上熱烈辯論

沒有流血的現場
只有口沫噴飛傷亡的數字
發火的槍口空蕩蕩
朝向太陽照不到的地方
恐怖分子讓死亡變成恐怖

在淚水回家的夢裡
兵士的鮮血變黑
對於我們這邊的死者
有默哀一分鐘的致敬
對於對方的死者不必抱歉
戰場就是墳場
被死亡征服的分子
在地下翻不了身
當黑暗消滅了死亡的恐怖

11/12/2005

通往天國的道路

信主耶穌
就得著主的祝福
擁有神的權柄和正義
布希拿起聖經
另一手指向異端
不惜任何代價
要清除所有邪惡的障礙
在通往天國的道路

信主耶和華
就得著主的拯救和庇祐
變成真理的代言人
執行天使的工作
以色列用飛機坦克
設下檢查站
保証犧牲的靈魂贖罪淨化
在每一條天國的通道

信真主阿拉
就得著主的垂憐偏袒
擁有死亡的通行証

血跡變黑的使命神聖
炸彈爆開的火焰
照亮天堂的榮光
引領恐怖份子看清楚
他們的主不是我們的主

在神的掌中
國家像穿尿片的嬰孩
在領袖的掌中
迷途的羔羊擁抱一起
充滿信心感激
信仰我們的領袖我們的主
得救是奇妙的愛的經驗
讓我們開始禱告

8/11/06

火雞先生

　　感恩節除了火雞，還是火雞，白宮照例要特赦一隻。我們華人根據傳統，除了張嘴吃，不免想到家鄉的火雞。據說家鄉的火雞是土雞的變種，寧爲雞首不爲牛後的那種。一隻土產的火雞跳上高台，有模有樣，對著天地指手劃腳，像孔雀般翹著屁股，有板有眼。激昂的喉結，咕嚕咕嚕重復強調，慷慨的陳詞四下噴吐。活吞吞一隻火雞，聽說喜歡吃火，眼睛容易變紅。在泥土和草根裡打過滾，吃過不少土產的綠蔥，所以鄉音很重。屁股在台上愈翹愈高，後台擠滿拍屁的手下，而台下烏鴉鴉只有拍手的份。囂張放肆的喉嚨，幸好栓著一條領帶，不然過於勃起的脖子恐怕，一陣痙攣，射精的口沫會噴得全台一頭霧水。這模樣活氣活現，令人張口結舌，卻不免擔心，火雞的氣節會不會氣結？

12/28/06

血汗的收成

常年乾旱空曠的阿富汗
百姓流離傷亡千里
淚水流得比汗水還多
死亡休耕的田野
莊稼沒有收成
鋤頭仍在拼命挖土
挖得更深更苦
血仍然流得比淚還多

槍彈和炮火連年豐收
屍體四處繁衍
蒼蠅忙著安家立戶
匆匆下卵生蛆
加速有機物分解
營養阿富汗飢渴的土地
今年仍然乾旱缺雨
需要更多的鮮血灌溉

6/16/07

伊戰關押的正義

全體剝光了衣裳
伊甸園在監獄裡遮羞
咀咒的口水和哭號的淚水
誰是真正的主人
流血的傷口沒法回答

天空像著火的聖殿
戰機低空掠過
留下短暫滾熱的廢氣
地下千萬年黑暗的石油
仍然沈默到底

戰爭的遊戲愈玩愈認真
世界對立的決定者
遠遠站在上帝正確的一邊
祈禱詞喃喃自語
彷彿神的旨意下達

群星朗誦廣大的黑暗
天使低空掠過
呼叫被遺忘的名字
沒來由顫抖的荒漠
掩埋著天使痛苦的秘密　　　7/21/08

中東手記

催眠的月光如霜
陌生的士兵來回監視
踩進地下的夢
地上卻沒有影子
皮靴的回音繞過了地球
星星熄滅有如煙蒂

一出生就是恐怖份子
小孩的手抓緊石頭
在比母語更親切的槍聲
和炸彈聲裡學習死亡
燒焦翅膀的天使
困在倒塌的難民營裡
充滿血絲的眼睛
有烽火仰望的黎明

一代代仇恨引燃的
充滿硝煙的眼光陷入
只有死者才會做夢的土地
墓地挖了又挖
傷口撕裂的叫喊

石頭在曠野裡呼號禱告
光在肉體裡製造廢墟
到處是太陽的灰燼

一邊製造麵包和軍火
一邊舉起十字架
福音在歷史裡宣揚
教堂的門開了
上帝進去後不再出來
留下信仰國家的旨意

1/15/09

紀念九一一

有人來不及逃出來
有人衝進去救人
大樓直冒黑煙
烈火燒軟鋼筋水泥
即將倒塌的火宅
比聖經的巴別塔還高
堅挺着強國傲世的驕傲

一手舉槍對天發射
另一手舉起勝利的手勢
丟不完的炸彈
丟在伊拉克丟在越南
和焚化爐裡冒出來的
嗆死人的濃煙
是一樣的成份一樣的黑

烈火一再燒煉的人心
比鋼鐵還硬
赤紅噴火的眼睛
和真理激辯的舌頭
說明了傷口就是歷史
所有製造出來的子彈炸彈
都是恐怖份子　　　　12/28/09

中國篇

太陽最紅毛主席最亲，毛澤東是人民心中最紅的紅太陽，「萬歲不離口，語錄不離手」，《毛語錄》是全球歷史上印量僅次於《聖經》的出版物。僅文革幾年之內，《毛語錄》國內外用50多種文字出版了 500 多種版本，總印數爲 50 餘億冊（不包括各派紅衛兵組織、各級革命委員會印製的非正式出版物），被稱爲「二十世紀世界上最流行的書」。

江澤民堅持黨的代表：

1.始終代表中國先進社會生產力的發展要求；

2.始終代表中國先進文化的前進方向；

3.始終代表中國最廣大人民的根本利益。

36　冬雷震震

紅太陽

一

一枚紅星高懸
他頭上載著頂八路軍帽
我們追隨嚮往
熱情焚燒的破曉
逼迫千里焦急的江山

揮舞著耀武揚威的紅旗
我們鬥爭相信
火紅狂歡的太陽
高溫燒壞的腦子
像雷鋒叫囂著血的光芒

烈日在心中叫吼著宏願
大鳴大放的刀鋒
割破雄雞叫破口號的喉頭
太陽憤怒的血
流到天昏地暗天光地光

赤焰騰空襲捲
激情在燃燒后土

一切可以燃燒的屋宇棟樑
一切可以燃燒的歷史
都燒焦燒盡燒完

革命改變了生命的地方
夜色留下灰燼
我們各自摟著身子怯怯
用身影嘗試著抹去
陰沈沈無天無日的黑暗

8/19/2002

二

耗盡激情全部的汗水
我們清楚聽見
骨頭折斷碎裂的聲音
從鮮血鳴放的傷口
呦呦流了出來
夾雜著太陽肝腦塗地
赤燄嘶吼的口號

主席的眼皮底下
狗在前面瘋狂奔闖
四條腿的人咬住棍子
踩著大地顫抖的腳

蒼蠅嗡嗡飛繞著烈日
雷鋒淌血的手裡
緊緊握著光的碎片

方向錯亂的腳印
讓赤紅的曠野更加空曠
饑餓的鳥雀夢想的
是鮮血的歌聲
烏鴉殺光的田野
向日葵噴吐著火焰
包圍著無夢失眠的城鄉

我們死也不敢抬頭看天
血淚滾沸的天空
飄下魂魄離散的紅葉
乾枯的枝頭上
鳥雀鳴叫著焦急的光陰
晚霞飄走雲煙動蕩
讓大地有所作為

落葉不能解釋
我們低垂著目光
有著火焰錯亂的恐懼
萬家燈火吹熄夜色的陰影
像一聲嘆息銷魂
深入內心黑暗的地方　　　　1/30/2003

三

主席睜大的眼睛
比太陽還要赤紅發亮
火焰成為制度
我們日夜修理地球
田野鳴放的稻麥雜糧
一律管叫毒草荊棘

太陽捏在主席手裡
像一隻軟柿子憶苦思甜
我們成群結隊
光著腳大步向前
踩著革命躍進的足跡
削去趾頭整整齊齊

勞動就是日子
我們埋頭深耕盲幹
向日葵苦苦焦黑的頭顱
像即將爆裂的種子
把自己和激情埋在泥土裡
耗掉無言的一生

昏眩渴望的土地
吸收了赤紅過量的光
麻雀吱吱喳喳趕盡殺絕

主席垂天的目光
落在死者臉上
使他們的夢境更加生動

有如過期的經血
主席腥濁的一泡尿
使黃河決堤泛濫
死者比活者知道得更多
我們用血液澆灌葵花
思索著陽光的意義

積滿陰暗過多的
死亡在內心裡成熟
我們的眼睛即將凸出暴裂
看清楚黑暗的夢裡
赤色的星子佈滿蒼天
在歷史失血的記憶裡

2/17/2003

四

他說話的時候
百姓聽到火的聲音
太陽升起來了
雙手高高舉起光明
北京就是后土

太陽火辣辣的光
呼喊大地
呼喊到迷信的程度
紅旗牢牢頂住上天
時間停止了

他停頓的時候
百姓叫囂著口號
狂熱加倍回應
一隻隻烏鴉飛入火焰
命令黑暗消失

他發紅的眼光
屬於鐮刀的種類
搜索著所有陰暗的角落
包括囈語夢境
記憶和失魂的歷史

他靜默的時候
稻草人占據田野
鐮刀和秋天一起發亮
晚霞不敢回答
飢餓的黑暗四處躲避

他的背影拉長了光陰

走進真理焦黑的夢裡
說明太陽的化身
正是所有百姓的化身
時間流動了

9/18/2005

紅星化爲黑空

死亡在身體裡埋伏
一顆子彈在槍膛裡沈默
死者不會站起來反對
星星曾經是夜幕的彈孔

在頭顱裡上緊發條
我調整死者記憶的時差
瘋狗吠聲吠影的狂號
叫顫了赤色幽靈的疏星

穿不過記憶翻滾的濤聲
一隻鳥在腦海的黑暗裡飛翔
哀鳴像泡沫四下泛濫
幽暗了星子墜水的聲音

斑白的頭髮像燈罩一樣
燈火黯合的眼睛裡
內心像夜色四垂
掩飾碑石間隔陰魂的過去

赤色的星星殞滅後

星光四下渙散
經過動亂的黑暗起伏
終於抵達我凝望的眼睛

死亡在身體裡漸漸成形
閃爍著光芒幽暗
一滴過鹹的淚水慢慢滲入
沉默堅硬的殞石

魚群翻白赤身腐壞的心思
沿著飛離的方向
那隻哀啼的鳥遙遙至今
仍未到達夢境的出口

失血的魂魄飄飄蕩蕩
冰涼渙散的感覺
在星星消失的地方
夜空旋轉黑暗茫然的高度

3/11/2003

誰來晚餐

口氣溢滿魚腥味
有人站在桌上暢懷開講
有人左右搖著尾巴
猛啃一根雞肋
有人舔淨鍋底乾乾

有人坐穩椅墊
埋頭苦幹土產魚肉
有人流下遍地口水
熄滅焚煮頭顱的大火
留下黑煙嗆人

饑餓找不到椅子坐下
伸手搆不到的地方
不彎腰屈膝
就看不到桌底的骨頭
有人喵嗚了幾聲

大雁高飛遠走
老天不會掉下肉來
膝蓋關節疼痛
有人還是站了好一會
默默仰望上蒼　　　　　5/8/2003

夢的出口

沒有夢的出口
解放的廣大民眾
像屍體上飛繞的蒼蠅
鎮日裡嗡嗡作響

混亂的革命結束後
出生入死的同志
有些高高坐在官位上
做著擱淺的白日夢

有些默默關在牢裡
夜夜囈語連連
像求救的水泡信號
在白日翻覆的夢魘裡

剩下都在墳地裡
夢的傷口還在流血
只有他們最了解
世上活人黑暗的心思

6/14/2003

夜色奔騰

有人張口嘶咬
爭搶狗嘴裡一根骨頭
蒼蠅嗡嗡爭奪著血漬
魚肉腐爛的腥味飄散四方
像枯枝上的黃葉
所有的耳朵向風張開
謠言四處流竄
燦爛的白天就要消亡

砧木板上的刀鋒銳利
秋光明快的節奏
像掉落的頭顱敲響地面
一切事物都披上紅霞
所有的黃葉飄飛
有人在風中翹首
伸長頸子眺望
夕陽即將逝去的天空

瑟縮的石頭在風中顫抖
刀鋒入骨的沈默
有人拾起斷臂向空中招呼

北風動搖大地的意向
寒冷肅殺的北風
有雪的來意
夜色快速奔騰的蹄聲
貫穿過整個城邦

6/26/2003

十　月

太陽從東方急急升起
將黎明染成紅旗
覆蓋住大地

忠實的黨員儘量靠左
大聲吹響喇叭
這是十月初一

雲彩火速告別天空
耀亮血的光芒
沒有人膽敢離席

風在耳邊傳說
后羿盲目的神話
藏在典籍燒光的灰燼裡

黑名單上空無一人
反對者在地下嘆息
收割後的秋天四下逃逸

7/21/2003

看夏天的文本

舌頭的火焰四竄
燒焦豎直的耳朵
謠言紛紛誤傳
比傷口狂亂的叫喊
更暴露出內心
血熱赤紅的陰謀

狂風吹過樹林
改變夏天的聲調
太陽曬得頭冒金星
我們沒法思考
影子昏暗傾斜的大地
和陽光偏左的意義

洪水沖過江河
改變河床嗚咽的聲調
在荒蕪的田地裏
野草一天比一天高
蒲公英茫茫飛散
又要頑強的著地生長

炎炎夏日消逝
像火焰變成灰燼
晚風搔亂了我們的白髮
背叛的鹽在汗水嘅裡
靜靜耀亮著
太陽臨終的光芒

7/23/2003

六　月

一

六月鍛造赤熱的光
太陽點燃了夏天
葵花突然成熟綻放
葵子爆裂開來
最最熱血赤紅的光陰

樹上掛滿風吹的謠言
口水過多的舌頭
舔亮惶恐凸出的眼睛
烈火將灰燼化為
墓碑拉長都城的背影

腦袋砍掉的公雞
不斷拍打翅膀
死者的活動
像淚水浸濕的木頭
在火焰裡呼唱青煙的歌

晚霞打了一記耳光響亮
沿途運兵的卡車

窮追四處渙散的人心
陰影互相擁擠踐踏的地方
死者張目結舌

一隻空瓶豎在廣場
漂亮的詞藻愈說愈明
像鐵鏽的落日咳出
濃痰積成的黃昏
在鎖住黑暗的喉嚨裡

堅硬的種子有堅硬的沉默
死者的想法
改變了意義深長的土地
向日葵閃著血光
有彩雲不斷飄向天際

農人留下生鏽的鋤頭
鳥留下空巢一去
逃亡錯失的羊
在歧路的盡頭徬徨
歧路上還有歧路在逃亡

撲騰的鴿子折斷翅膀
人們開始打造面具和秘密
當月亮悄悄升起
唯一的承諾來自
海上廣闊的天空蔚藍

8/12/2003

二

著火的烏鴉飛散開來
太陽暴動的烈焰
誰要是膽敢直接凝視
果真馬上瞎眼

在天安門廣場竭盡聲音
黑鴉鴉群眾盲目呼喊
流血的口號冒煙
有人在窒息中咬緊了牙關

太陽的心中有沒有血
淚水蒸發乾掉的狂熱如火
誰紅著眼睛追究
就馬上閉眼夢見黑天

流淚的呼號潰散
天空如果倒扣下來
舌頭如鋼鐵熔化
會不會有一地的牙齒打斷

烈日落魄的心底
欄杆起疑的鏽跡斑斑
睜眼的人在燒焦的黑夜裡
反覆咀嚼著月光

附：六四事件十九週年紀念
6/10/08

三

烏鴉飛進了太陽
像灰燼依戀著火焰
熱血噴灑的祭台
改變了驚惶失措的天色
影子沒有妥協退縮
我像葵花伸長了頸子
支撐著夢境灼傷的天空

晚霞改變歷史迷惑的行徑
和口號鮮紅的國家
驚心的后土
屍體變成遊行的障礙
沒有回得去的記憶
花果連根拔起
給了我反叛的力量

收緊盼望的視線
烏雲聚集在前頭去路
影子反串主角
指向身後沈淪的鄉土
逃亡的六月以遺忘的方式
省略死者回頭的憂傷
連骨灰都不能留下

沒有大海乾涸的淚水
我尋找光明的眼睛
等待被黑暗充滿佔有的理由
露水深夜的祈禱
只有蛇吐著咒詛的話語
紅色的歌吟在異鄉流浪
是死亡放逐的勝利

8/23/08

六月走過天安門廣場

沒法擰乾的毛巾
汗水兀自一滴一滴
走過空曠的廣場
感覺好像
狗眼盯上的骨頭

烈日曬昏整整一座京城
狗眼斜斜反照
刪除記憶的目光
熱騰騰孩子的夢想
有著焦頭爛額的血意

太陽喧嘩滴過的血
將焦急留在
鐵鏽徒然延長的欄干
宮牆咄咄逼近
一面陰影的沉默

看門的狗甩著尾巴
驅趕著歲月和蒼蠅
只有空洞
在昏昏欲睡的后土
將歷史刨根究底　　　　6/8/2004

飢餓的年頭

飢餓的年頭
每個人緊緊握住一本書
像凶年救命的存糧
飢荒一打開書
火焰慌慌到處流竄
燒痛赤紅乾渴的眼睛
燒焦亂哄哄覓食的舌頭

像燒香拜佛的信眾
緊緊握住救命的符咒
每個人高舉一本書
拚命揮舞沖天的火焰
令他高高在上
燒紅發高燒的大腦
陷入太陽出血的瘋狂

飢餓的年頭
遍中國石頭冒著煙
黑壓壓人頭冒著煙
出火的嘴巴冒著煙
草木后土冒著煙
一本本書冒著煙
烏鴉一隻隻飛入了日頭　　　6/16/2004

掌聲說不清落紅的幸事

國劇臉譜來到舞臺中央
囚禁天空的眼光如炬
太陽是隻柿子軟軟
一朝捏在手裡
像姑娘初懂人事的小乳房
成雙成對捏得又專又紅

他披著老虎斑爛的皮
在洞房光天之日
向下摸順了一隻隻猴子頭
太陽紅腫發炎
坐在熱屁股火燙底下
是千年成精的黃龍

操遍了不孕的后土
手掌展開刺入夜色的霞光
辦完流血落紅的好事
鬆弛的光陰如注
一個個閹割的觀眾
挺大臨幸的肚皮浮腫

6/24/2004

天空不相信我們的話

要求我們燃燒劇烈
太陽激情的火焰
使光明在屍體裡起了作用
野草長得更加瘋狂
著火的語言只有吶喊
燒焦的舌頭
用口號開墾出荒地沈默

石頭更加堅硬
陽光霍霍磨亮了鐮刀
收割著語言
使各方塵土飛揚
屍體增加了后土的肥沃
我們燒焦的眼睛
在公社分配陽光的收穫

社鼠猛打地洞徹底
一隻隻烏鴉摘光了腦袋
傳頌赤紅的歌聲
燻烤的語言
令屍體升起煙火燻天

血汗泥沙砌起自封的城牆
讓找到門路的狐狸作窩

晚霞蒸騰著血汗
落日塗改著天空的顏色
多年發炎的關節
用膝蓋思考畢生的辛勞
我們等待天空回答
燒焦的語言
使枯槁的太陽瓜熟蒂落

7/3/2004

黃土地

一

翻過一個又一個山頭
風吹過麥地
波動黃金的光芒
使一群烏鴉迷失方向
發燙的石子
吸收了過多陽光
讓流血的腳趾
預感到遍地赤色腥紅

在山崗上眺望黃土地
埋過太陽的黃土地
苦難沉默的后土
體會白雲蘊含著雨水
我把手伸給
一條河閃閃發亮
卵石在河床裡
知道逐流滾動的目的

在山崗上眺望遠方
往日比遠方更遠

蔚藍晴空萬里
讓渴望的眼睛溼亮
目光高過青天
領略光明昭昭的力量
我的心神赤化
像太陽一樣怒放

一支送命的歌謠
滌蕩熱血滔滔的心頭
條條道路通往延安
投向革命來臨的道路上
火紅的眼睛
看到葵花開遍了荒野
命運從此預感到我
蕩然改變一生

9/2/2004

二

傷口疼痛的吶喊
充滿太陽的血
天光和陰影的飢餓
泥土嘮嘮叨叨
那是我小時候的生活

吸收著忍耐

和竊竊私語的黑暗
種子在土壤裡
懷著秘密發芽抽葉
與光結合

莊稼紮根荒野的過程
我身子結實
骨頭像石頭般堅硬
憶苦的傷疤必須
成為白日和夢想的核心

日月相倚相靠
死者安魂的黑夜
和祖先的灰燼一起
營養太陽休耕的后土
照顧到草木的本性

公雞一一伸長的脖子
是日出的原因
青雲紛紛飄向
白鳥飛去的地方
帶著嚮往眺望的視線

天空高遠
樹木長得高壯
眼睛擦亮陽光的閃耀

大地更加空曠充實
進入我勞動廣闊的胸膛

5/25/06

礦

一

石頭不會出聲
切斷的舌頭淌著血滴
一滴滴滲進土壤
是赤色后土
僅僅聽得懂的語言

根鬚在土裡糾纏掙扎
人在地底下挖煤
愈挖光陰愈黑
為了生活拼命
汗水滋養著赤色的星

飛蛾撲火的剎那
手錶的秒針慢了下來
鬼魂在陰冥地下
點數著鈔票
老鼠列隊走過大街小巷

向太陽借來的火
煤愈燒愈烈

人心中的灰燼愈多
活生生的路口
練習的狗叫四下呼應

送葬的行列
出現在我們白日夢中
死者不能斷言
穿過了黑暗的記憶
會是言詞的光芒

8/20/2005

二

有太陽
就有火熱的生活
我們在礦坑裡彎腰折背
勞動的生命交給國家
像火焰傾聽自己
陰冷的黑暗裡
一堆炭燒成一小撮灰燼

膝蓋著地的時候
不見天日奈何
陰冷的礦坑仍然陰冷
上級的上級
下達命令上千上百

每年又每年
礦工活埋多少算數

我們的眼睛
已經不能適應光明
汗水等待的一生
整天整日
在地下的夢境裡
繼續挖掘黑暗
讓黑夜更加親近

12/9/2005

又一場破曉

關緊深夜的門裡
老鼠為了磨牙
咬嚙著陰暗的記憶
像破布袋陳舊
裝過麥子的希望

黑貓瞇著眼睛
打著萬福的哈欠頻頻
看門狗臥倒門後
正酣的好夢胖嘟嘟

白貓在窗口踱步
打發星星墜落的光陰
主人黑暗的囈語
散發著魚腥的味道

吞下的太陽在胃口蠕動
經過拐彎的肚腸曲折
向肛門接近
吸滿時代的黃金神采
等待又一場破曉　　　　　10/5/2005

有關大雁塔

沒有大雁的大雁塔
我們知道些什麼
很多人從世界各地來
爬上去窮了千里目
像登上天安門一樣
看看就成了英雄
頭頂上還是充血的太陽
天空是多麼遼闊
飛過的鳥還是會投下糞來
爬下來回到平地
汪汪的日子
狗碰到電線桿
會高高蹺起後腿
到處是礙眼的建築
頂天的大樓和宏偉的紀念堂
富貴的公寓和窮酸的茅房
大家進去了又出來
像有佛像沒有佛的廟一樣
像沒有大雁的大雁塔一樣
我們能知道什麼

10/18/2005

魘

過於灼熱的光芒
令我們徹日徹夜呼號
焚燒就是光明

太陽當空
雀鳥只有燒焦的喉嚨
和靈魂沉默的翅膀

更改字詞的定義
一個都城
信仰高大的城牆

怕人的鬼魂下放鄉野
參加各種遊行
肯定天堂

白浪驚駭的岩岸
海鳥尖叫著
夕陽斜斜照在身後

一個個城市

在字詞中尋找犧牲
代替方向的指標

找不到人怕死
一黑到底的地獄
還有熊熊煉獄大火

12/2/2005

一個氣泡

心中發亮的願望
如此巨大嚇人
一個人猛吹一個氣泡
滿面紅光
巨大空心的氣泡
將自己完完全全包住

這個氣泡吹繼續噓自己
巨大的繼續巨大
人們紛紛加入吹噓
氣泡自圓其説
團團包圍整個北京
散發著紅光萬丈

膨脹的繼續膨脹
直到氣泡飛升起來
停在半空
像個複製的太陽
讓所有的人抬頭仰望
整個中國產生信仰

一個氣泡愈逼愈近
讓所有一切空空透明
抬頭的人頸子酸痛
夢境赤紅的內心
像太陽的黑子
有了破滅的念頭

11/23/2005

革命進行曲

古老的太陽生繡了
讓內心空出一塊地方
接近黑暗荒涼

赤色亢奮的星芒
讓眼睛發亮
在空中累積光線

革命像破曉
黑夜一下子撲進光明
什麼也看不見

中彈的士兵倒下
後面繼續跟上
尋找死亡掩蔽的地方

衝鋒的鮮血不斷奔湧
勝利的槍聲
踏著屍體繼續向前

11/23/2005

血光沖天的小鎮

沖淡人身的紅血
李阿土灌飽了井水
搖晃晃走向醫院
賣血的臉色
看樣子還沒發白

從小怕鬼怕得要死
我遠遠避開他
爸爸吐了一口痰說
他身子骨硬朗
撐得過幾年

眼巴巴看別的姑娘
穿花衣裳趕上時髦
余家珍長得個小
稱不夠斤兩
還不能到城裡賣

手腳還沒發軟
爸爸眼睛閃閃發亮
剔著一口黃牙

直說她鹽吃得少
肉也不夠鹹

喝湯風涼的光景
好歹勉勉強強一些年
人們陸續穿過城市
沒有留下足跡
時候就到了

用力搖過紅旗的手
爸爸青筋暴露
走起路來飄飄浮浮
臉色青白的
像出土的蘿蔔

余家珍出門遠走
李阿土和一幫鄉親
在地裡結了鄰居
愛滋病愛死了爸爸
街上遊魂四處

怕鬼怕得要死
賣完血我躲在家裡
白天也不敢出去
呆呆凝視黑暗夠久
有了光的感覺　　　　11/28/2005

階級革命的發展

一

外表改頭換面
各樣真的假的名牌貨
人民盡情享受
小資本盜版的情調

共產主義垮台了
好多年人們避免談及
階級迫害的日子
革命流血的日子

垃圾堆積如山
大家瘋狂的血拼
一串串商家紅紅火火
像鮮艷的毒蕈重生

回味下崗前的時光
我打心裡瞧不起
這些暴發戶沒思沒想
顛倒是非黑白

我仍然扛著紅旗暗暗
四處煽風點火
想念我的毛主席
將革命進行到底

3/12/06

二

革命以後
把墓地變成田地
到處是血光的紅色喧鬧
死亡豐收的大地
用夢想的眼光看待事物
太陽鬥爭的紅霞萬丈光芒
大家都交出了赤心

再一次革命
屍體肥沃的大地
到處是激情的紅色轟烈
把田地變成建地
火旺狂燒的身家財產
陽光迷失在紅塵的夢想
大家得了紅眼症

土地不再面黃肌瘦
一串串群眾運動的結果

像老師帶著吵嚷的小學生
擠滿街道兩旁
揮動著旗幟相對吶喊
旗影昏天暗地中
有光明的街心空白

黑貓和白貓調情的結果
黃河裡垃圾增多
打道回府的金光大道
走資派紅紅火火
胭脂擦抹生活
口氣中的洋腔調
飛得比日落西山還遠

4/22/06

所謂代表的問題

不到北京不知道
歷史的形勢
官字沒有簡体
寶蓋頭下只有兩個口
説光一切道理

天安門上的蒼天依舊
所謂的堅持
故宮一級又一級台階
辛苦爬上去
最最上面是張龍椅

革命當家作主
屁股不重則不威
馬列祖宗供奉的椅子
一張比一張高大
代代成為信仰

從北京走向天下
赤紅的舌頭
讓太陽的話語滴血
開了眼界的百姓
不會迷失路線方向　　　　12/31/06

皇天后土

皇天破曉
著火的舌頭妄自焦急
烹治君父的后土
無髮的頭頂冒出煙來
沒有留下一點露水

太陽嘴裡噴出的字句火紅
所有的舌頭伸出來
不是喊渴

首領如日中天
萬歲的天空更加萬歲
無條件效忠的百姓
像陽光中的微塵
讓陽光更加反射光明

眼睛灼瞎的時候
火花飛出烈日的夢境
滿地的煙蒂和膿痰

落日像天空的傷口

血在呼喊
葵花謝落的心事
像種子藏著黑暗的秘密
在土壤裡等候

背叛的黃昏
比天空帶來更多
日子等待土地的回答

對立著等待的黑夜
深入保持沈默的后土
盲目的百姓
在漢字的廢墟裡
摸索光明剩餘的含意

星星掉下眼珠
誰夢見黑色的太陽
誰就死亡

8/18/07

四川地震的默哀

地震天災說成了報應
和老天流下淚水
黨國的夢魘驚醒了山河
和大地默哀的廢墟
同樣是無可奈何的說法

毛主席翻身辦好了事
叫爹叫娘不反不對
莊稼長滿荒野
硬挺的江山如此多嬌
一樣是下半身無奈的問題

豆腐渣好樣的工程
百年樹人和炮製的雷鋒
以及天地崩塌的震央
還有人心裡的堰塞湖
同樣能找到淚水無奈的源頭

6/10/08

堅持黨的代表

為了更接近高頌的太陽
黨騎在人民的腦袋上
一頂忠誠的大帽子
遮擋赤裸的陽光

轉動八面玲瓏的表情
向錢看的眼睛發紅
眨巴眨個不停
不會留在陰暗的地方

避免顛覆的過慮
過濾後的消息進入耳朵
再經過嘴巴過濾
充分認識革命的作風

農民勤勞吃苦的德行
像鐮刀磨得利害
砍在瘡疤閃閃發亮
血一直忍著沒敢形成

最廣大人民的根本利益

所有的活法和想法
都有黨的代表
始终代表人民的利益

如何安頓太陽的秘密
封鎖在黑暗的心裡
思想的工作積極
在睡夢中持續進行徹底

7/28/08

三個代表

代表先進生產力的發展
右手不反對左手
在背後交叉握雲拿霧
舉過紅旗喊過萬歲
荒雞挺著扭斷的脖子
啼紅失火的天空
我的太陽被代表了

代表先進文化的前進方向
白貓瞇著眼睛
喵嗚著討主人喜歡
過街的老鼠招搖若市
愛黨就是愛國
追隨中央就是為公為民
我的日子被代表了

最廣大人民的根本利益
愛國就是愛黨
樹要紮根就要堅持執政
飼養的老鼠咬破布袋
黑貓在夜裡躡腳

沒有人能指認行蹤
我的土地被代表了

解放代表的代表
吶喊的陽光出血出汗
革命黨國的黨國
與時俱進的歷史空前
群眾路線貫徹過後
我收集烏鴉的羽毛
等待重新發現深夜的黑暗

7/30/08

也算是發毛的革命

一張張屁股陳舊
坐熱了搬家的椅子
牙齒上下迎合
太陽高升
整張臉剩下兩片嘴唇

白日夢檢查完畢
嗡嗡無頭的蒼蠅團聚
口沫洋溢
消化茅坑公共的革命
進化到抽水馬桶

滿街二奶的城市
夜幕降臨
擦脂抹粉的腥紅去路
同志眼裡冒煙
褲袋裡一串繁殖的鑰匙

舌頭變黑
見慣吸血如雷的蚊蟲
叉開兩腿放屁
早洩的詞語白白
掏空了命根發毛的歷史　　　8/1/08

大道之行也

洋溢著油漆未乾的氣味
雞犬升天的大道上
我加入奔波
接通慾望淤積堵塞的管道
從排泄的肥水提煉黃金
有人買就有人賣
待價而沽的小姐沿街
像奇花逢迎異草
在混凝土上繁殖蔓延

有人按摩有人拿捏
主義的命根子又紅又腫
像速食店的熱狗
加了太多進口的蕃茄醬
掏不空國庫的褲襠裡
我能掏出一尾鹹魚翻身
炒得生意火熱騰空
像腥紅的太陽
在小姐身體裡與風作浪

複製混水摸魚的日子

精蟲懷著希望濃濃
像江河挾沙帶泥
滾滾繁華的高潮下了海
夕陽死命叫喊
小姐的身體空了
黃金買斷的光陰過期作廢
我用舌頭交配出舌頭
蒼蠅嗡嗡到處下卵

霓虹燈漾著奉承的笑臉
小姐的味道泥濘
我從理髮廳黑不溜丟出來
頭頂上平添了月色曖昧
拐進另一家咖啡館
即溶的容易沖泡的夜
在遙遠陌生的村鎮同時
女人相繼離家出走
冒泡的月光嗡嗡流淌

8/15/09

關於光明的重要

看落日的人看不見
發過光又死了的星星
官員在辦公室裡蓋章
一個哈欠接連一個哈欠
嘴裡含著乳頭
就是人心滿足的日子

螞蟻依賴熟悉的氣味
找到剩餘的食物
上百萬外地人
擁到深圳打工掙錢
成熟的蘋果掉下來
不是紅腫潰爛的太陽

思鄉的霧水正濃
流水線上快速通過的
青春的訂單夢想的訂單
賣身的光陰賣命
夜色在加班趕工
蟑螂到處摸黑亂爬

彎彎的月亮左右鋒利
像把刀讓果實說出了一切
在狗的呼吸裡
公雞啼叫後的沈默
就是推翻光明
現實的人心閃了又閃

10/17/09

踏平的皇天

無言以對的老天
消除了上一個帝國
大火燒過的地方
這帝國製造更多的屍體

繼續要求忠誠的大地
像光凸的頭頂蒙上灰塵
矛盾對立的光明
幸福彎下曰夜的腰來

血紅的落日垂憐的
不是血淚血紅的后土
是人心陰濕腐化的黑暗
是死亡小心翼翼的沈默

1/2/10

慶祝紅火的盛世

汽車隨時加速違規
繁殖的高樓超期完工
擁擠的街道上六畜興旺
蒼蠅到處製造更多的垃圾
垃圾產生更多的蛆蟲
這個國家加緊進化
雞伸長了脖子
狗拉長了尾巴

有人天天開會
發表正義冗長的議論
慷慨激昂的表情
讓我們打長長的哈欠
火速建設的國家
紅火急急如律令
火速成長的飼料雞
每天宰殺千千萬萬隻

聚在燈罩上的飛蛾
一代人折折騰騰
太陽有著奢侈的光明

忙著消化排泄
頻頻放屁的君王心比天高
喜歡搜集整理民氣
計劃著將一個國家怎樣
變成一個樣品屋

飼料豬到處出國考察
發表前途一片光明的演說
比二奶脫褲子還快的人生
快速吃喝嫖賭快速死亡
這一切讓我們聳聳肩
火速的喜慶喪慶
火速拆遷火速蓋樓
賑災的款項一邊發放一邊回收

對這一切的家國大事
我們只能聳聳肩
打著長長無謂的哈欠
讓黨代表了我們
讓我們歪頭打盹
一邊張著嘴一邊流下口水
做著紅紅火火焚燒的白日夢
發出了震動天堂的鼾聲

7/3/2010

官員下鄉來了

官員下鄉來了
一大堆隨從和採訪
那些屁股整天黏著椅子
一張張放屁抽煙的嘴
現在緊緊用力閉著
緊緊繃著折騰的臉色
比天災人禍的天色還要凝重
面對烏鴉鴉包圍的群眾
以太陽的名義
清了清濃痰堵住的喉嚨
光陰硬生生停頓了一下
照著稿子有腔有調的
大白天裡天下大白
同樣嚴肅慎重的表情
同樣光明承諾的口號
黑暗烤焦的影子
消失在熱血沸騰的太陽裡

7/4/2010

六月消失的記憶

死者在天上揮著白手帕
太陽還在吶喊掘墓者的天堂
吞雲吐霧的街道
充滿謠言和丟棄的煙蒂
陌生的流浪像雲
這麼多年不見

你改信外國的神
口中呼喚著和平的主義
蛇在心中穿行
纏繞著放逐的命運
死者還在低聲禱告
荒涼的野草渴望著鐮刀

乾杯的心思有太多的泡沫
仍然覺得口渴
京城沈默的黑暗直到今天
傷口哀號著凝結的血
口沫謀殺心中的光
我們加入謀殺的行列

這麼多年不見
歷史已經流血死去
血跡裡凝黑的夢境
陌生的明天變成你我的疤痕
這京城變成煙灰缸
消失的是太陽的記憶

回到廣場上流血死去
雲在眼睛裡飄著疲倦的晚霞
夢境經過搜索檢查
有著太多黑暗的沈默
誰在流浪
將永遠流浪下去

10/31/10

紀念夏天的文本

舌頭的火焰響亮著日子
石頭冒煙的麥田
散發著陽光燒焦的氣味
紅色的心思像葵花渴望
對鄉土的熱愛
是黎明收集的血液
為了直視太陽
他差點把眼睛挖了出來

死者沉默的話語
是塵土沙石的話語
所有的光照進黑暗
而黑暗不減
生命在那一年夏天
像轟轟的火車過站不停
太陽生鏽的時光逆轉
他心中只有石頭

烈日發狂了好久
逃荒的鳥群盲目飛散
向日葵細長的頸子斷裂

烏鴉飛進了太陽
饑餓的黑暗四處躲藏
灰燼四散的話語
有人學習改變鄉音
白日不需要問路

所有的淚水流入大海
而大海不漲
沒有翅膀的應允
放逐的雲朵過境不停
像非法移民出逃
一個個城市流浪下去
浪潮來了去了又來
他的悲傷結成了鹽

日子就是沙粒沖刷出來
像大海失眠的房子
他把一個國家關在裡面
灰塵堆積的想念
記憶在光陰的黑暗裡
思索陽光的意義
他的眼睛穿過鏡子
像雨滴穿過天空

一生的激情
像葵花的種子藏在后土

他夢見太陽發黑
石頭碎裂成沙
歷史送葬的行列裡
信仰沈默是金
夏天掉光了樹葉
死後他回到北京

11/14/10

臺灣篇

臺灣的政治名言罄竹難書
朱高正的政治名言：政治是最高明的騙術
陳水扁的政治名言：中華民國是瞎米碗糕？

秋天咳血的日子

雲朵飄過天空沉悶
大片陰影掃過
報紙上陳舊堆積的日子

走狗東嗅西嗅
垃圾堆裡到處折騰翻找
雞蛋挑出的骨頭

街衢網道的城市中心
一具銅像高聳
口是心非有了方向秩序

電線上棲息著沉默的音符
幾隻鴿子縮頭縮尾
視線將灰暗一直延到天際

心事像瘀傷化膿的柿子
蛆蟲暗暗叢生
太陽已經開始習慣秋天

咳血的日子像宰殺一隻公雞

割破喉頭哽咽
晚霞撲騰的翅膀掙扎

身影掩蓋過的地方
寂靜留下沉重的黑暗
星星成為了人們的信仰

9/18/2002

選舉即將來到

嘴巴拿著擴音器
拳頭拿著旗幟標語
我們你們他們
各色頭巾綁著走上街頭
選舉即將來到
每個人都憤憤不平

五花的招牌眼花繚亂
激憤各各擠滿通道
塞車猛按著喇叭震耳欲聾
所有窗子緊緊關閉
到處塗鴉的牆壁裂痕充斥
高樓的陰影沉痛

遊行抗議的隊伍來到
喉嚨冒著青煙
舌頭搧著紅火
官員議員黨派群眾
叫囂的擴音器相互對嗆
每個人都憤憤不平

選舉即將來到
滿城開滿泣血的杜鵑
礙腳的石頭都在悲憤
穿越城市的河流默默哀悼
偶爾一些泡沫浮出水面
又暗自消滅無蹤

11/13/2002

總統府前

總是聚集著人群眾多
總統府前的廣大廣場
有些人練習著狗叫
有些人戴著假牙
有些人悶聲低頭不放屁
麻雀四下爭先啄食
有些人蛇吞大象不吐骨頭
肚腸九彎八拐
儲存著脂肪白白準備過冬

牙齒打落一地
有人修補破損的記憶
有人大聲說話
衣冠光鮮的學舌鸚鵡
有人磕頭跪拜
骨頭軟趴趴成狗屎一堆
有人用舌頭去舔
地上滾動的不是頭顱
是口袋掉下的銅板不小心

打了一記耳光響亮

有人流血染紅一面旗幟
有人暗地裡磨掉星星的稜角
有人嘴裡猛吹泡泡糖
吹破了藍天空洞
舌根再反覆嚼一嚼
又吹一個泡泡大中至正
有人上臺做個鬼臉拍拍手
有人下臺放屁鞠個躬

有人眼珠翻白臉色發黑
有人提著一個空鳥籠
吹著鬍鬚火燒眉毛
有些人紅著眼相互瞪視
有些人抬頭看望天色
人們的影子拉長了黃昏
總統府傾斜天空的廣場
浮雲飄蕩著陰影
不定的去向改變了人群

2/4/2003

歲月不敢挨近銅像

在都城默哀的心中
半夜出入公園的同志們
偶爾會撞見他
倚著自己的銅像暗暗發愣
找不到地獄凹陷的入口
四下遊蕩許多年
承受夜空旋轉黑暗的茫然

月光失眠在眼紅的夢境
公園草地暗處
打野炮的狗男女偶爾
瞧見他失魂落魄
用銅像的陰影遮蔽臉
那陣子很多人陽萎虛脫
歪斜的腳步錯亂了邪門路徑

長舌婦的口角潰爛
苔蘚陰森森的空穴來風
萬家燈火吹滅的黑暗顫抖
星星謠傳那虱子吸血
輾轉跳到光宗耀祖的鼠蹊

那些天他私生的子孫
用外八字走路吊兒郎當

光陰在肉體裡衰敗腐壞
饑餓收緊肚皮
流浪狗穿過公園吠形吠影
慌忙撒下一泡尿
緊緊夾著尾巴咆哮落跑
轉頭見他摟著銅像
私下打量屍體腐爛的原因

那時候滿城紛紛謠傳
僵屍闖入地獄黑暗的空門
失去發言權的銅像
不說話就漆黑一片
嗜腥的黑貓跳上頭頂獨立
叫了幾聲發綠的春
使天空和都城再一次昏眩

3/5/2003

領　導

遮蔽靜靜默哀的後方
他拖長的身影
指向陽光拉扯的方位

突然放了一個
不小心
趾高氣揚的屁

後面緊緊尾隨的
縮頭宣官
個個用力深呼吸

他斜視的眼睛裡
一朵浮雲浩蕩
白白飄過了天空

5/1/2003

裙底的風光

裙底的風光有多少
真相不白的花邊新聞
花開花謝的綺思
像嗡嗡的蒼蠅圍繞
夢境流血的傷口
床單皺巴巴
像過期報廢的歲月

伸長了滴響口水的舌頭
裙底陰濕的寂寞泛潮
蓄滿陰霾的靜電
暴雨像謠言突然傾盆
淹沒火熱的盆地
飛出一隻蝴蝶展翅
搧動太平洋熱帶的風暴

魚肉堵塞住腸胃
糞便難以暢通的街道
經血定期流淌
裙底有太多的黑暗瀰漫
一列火車瘋狂呼嘯

冒著黑煙衝出來
貫穿島嶼失血的心臟

檳榔西施的花枝招展
裙子短短敵不過
激情噴灑的眼光
摩托車衝出吐血的馬路
牙齒掉落一地
跌破的眼球四下滾動
日子在陰溝裡腐爛

有多少不能見光
針眼拍攝裙底的隱私
拉壞肚子的城市
三角褲脫下曝光的底片
飛出來浴火的鳳凰
翅膀不斷拍打
在海峽兩岸掀起了巨浪

裙子掀開的光景
有玉女感陽而思的玉貌
剛剛落選的議長
沒穿褲子就跑了出來
像敗兵空舉著一支旗桿
伸長脖子探頭探腦
身上長出發芽的暗瘡

流水宴席上的競選唾沫
碎碎唸唸灑落一地
酒肉發酵的誓言
總統套房裡亮相的屁股
貼滿鈔票花綠綠
充滿黑色蕾絲的想像
裙子不會妨礙春光

裙子不會妨礙
城市充滿黑金的景觀
一座自動彈奏的鋼琴
音符交響黑白
有條蛇穿過冬眠
回到春暖花開的被窩
超乎黑暗的想像

8/25/2003

一面旗的獨語

風吹過來就飄蕩不已
我是一面旗
插在國號激動的鄉土
島嶼像一條海參
聽任潮流東搖西晃

紅太陽高高升起
通天赤霞血光
照得我一面火燙發燒
雲彩散落的旗影
紛亂了四下糾結的目光

泛藍混合泛綠的水彩
島嶼像個調色板
海鳥叫著捍衛的國號
糞便掉了我一身
惹來嗡嗡的蒼蠅麻煩

烏雲正在洶湧
浪濤動搖變天的島嶼
低壓的空氣又腥又鹹
颱風即將臨頭
我突然回想起白日青天　　9/8/2003

不要轉過身

不要走入群眾
人影過於擁擠傾軋
黑烏烏竄來竄去都是頭
誰要是誤入群眾
想要尋個像樣的人
就會突然失蹤
名字出現在尋人啓事裡

不要加入政黨
否則會陽萎不振
政黨裡人人都想冒出頭
誰要是留守黨部
空等絕後的訪客上門
房事陰森森
虛掩住黑暗膨脹的褲檔

不要光喝花酒
宴席上口沫噴濺橫飛
喝光花酒的杯底
會平白反映出
唾面自乾的一張臉
金魚搖搖擺擺游了出來
從濡沫溼透的瞳孔裡　　　　　9/9/2003

那個詞

那個詞
掏空眼中盲目的黑暗
雪白晃亮的牙齒
咬下尖銳的舌頭
那個詞
在死者張開的口中
激動陽光

烏雲籠罩說謊的歷史
陰影統治著國度
那個詞
找到生命的傷口
殺戮中的血液流下
填滿不平
凝成新的象形文字

在陽謀的叫喊嗚
麥克風找到真理的回音
像石頭保持沉默
那個詞
在大拜拜敬神會上

像隻鳳梨
裝飾在豬公的嘴中

咽下星星的碎屑
那個詞
通過花朵裝飾的死亡
通過自身所有的赤裸
跟隨白天
釀造世界的交談
那個詞

9/11/2003

翻開族譜的神話

來歷不明的島民啊
出草的番子傍水叫做藩
走過葛蘭大道
攀上最高峰
島嶼的山脈陣陣痙攣

平板的漢人咬牙切齒
一波波深耕鬆軟的島嶼
足跡到處畫押
身世來歷不明的夢境
和土地所有狀

百年來不明的誤會啊
總統府前的新公園
高豎起插示牌
凡是貓狗和
中國人不准入內

10/26/2003

兩國權利之論

充滿火焰赤紅的味道
公雞破曉的啼聲
燃燒整個綠色島嶼
愛滋天遣的同志已經亡國
對美麗的中國小姐
我隨時保留強暴的權力

口水掀起滔天的波瀾
一艘船進了港
勃起的船桅還能堅挺多久
張開雙腿向著太陽
下不了蛋的女人
在武力下屈服了肢體

土狗猛搖著尾巴
男人的膝蓋嚴重磨損
跪拜的姿勢
就是隨地強暴的姿勢
我拒絕道歉
對於言語野蠻的大義

1/6/2004

附記：

1/5/2004 因「同性戀亡國論」引發軒然大波而被要求道歉的民進黨立委侯水盛在外交委員會質詢時，指中國如果可以不放棄武力犯台，台灣人是否也可保留對漂亮中國小姐強暴權利。侯水盛說，在野黨立委說怕中國武力犯台，「那我說中國小姐那麼漂亮，我不放棄強暴中國小姐的權利。我有這個權利嗎？」「中國不放棄對台動武，是否台灣二千三百萬人都可以保留對中國每一個小姐強暴的權利，隨時隨地都可以強暴你？」

民進黨團對此舉行記者會，要求侯水盛公開道歉。侯水盛表示，中國對台灣用武力要讓台灣屈服，這和野蠻男人強暴女性有何不同？他的發言是要凸顯中國野蠻，他沒有錯，他拒絕道歉。

1/6/2004 侯水盛召開記者會，強調自己的發言是為了凸顯中國以飛彈、武力威脅台灣，若用字遣詞粗俗、不當，他感到遺憾與抱歉。

侯水盛在國會殿堂質詢時強調，同志結婚後「下不了蛋，產不了子」，一旦合法化如同亡國政策，他看不見下一代的希望。

台灣性別人權協會公佈 2003 年十大違反性權事件，其中榜首是中央大學性別研究室召集人何春蕤教授，因為人獸交網站被提起公訴，而呂副總統日前的愛滋天譴說和立委侯水盛的同志亡國論，並列第二名。

公無渡河

天空一無所有
爹娘在背後呼喚
公無渡河公竟渡河
有人渡過黑水溝
便回不了頭
鋤頭墮淚飲泣
一條路打拚下去
開闢出自己的家園
生命孤注灌溉的桃源

海風吹過去
從變質的頭髮吹過去
渡過思憶滅頂的大海
有人不願回歸
付出青春的落花入水
濁水溪淘米的漩渦
溺死了北望的黃昏
人死何時歸去
墓地等來了撿骨的回鄉

揚波在黑水中流

二胡拉奏的弦外之音
有戒急用忍的兩意
拋棄懷舊的家園夢想
生銹的鑰匙打開一把鎖
滾滾浪花要到對岸去
在水中央無槳無楫
橫陳的扁舟當奈公何
背後墮河而死的呼聲淒愴

1/19/2004

淋淋的陰雨對唱

梅雨嘩啦啦下得多
梅花曲子也唱過太多
唱到心事誰人知
梅毒專治的招牌豎起
不戴套子的老板
一身汗流如雨
耗在上面泡著磨菇
軟硬拖延時間

生意太好沒時間
這城市日夜都在進步
雨夜花唱到了內山姑娘
淋淋的陰雨淋溼街頭巷尾
淋病包治的招牌豎起
土產的草菇豐收
有陣子大家做陣趕路
遮著一支小雨傘

抗生素疲勞過度
鼻涕流淌比感冒還要流行
死亡攔不下計程車

飛鶯流竄比闖紅燈還快
雞脖子按摩著雙人枕頭
伴唱隨時更換歌曲
迷惑黑暗的卡拉
和淋淋的陰雨對唱

2/2/2004

秋風正在奔走

反應秋風的奔走
旗子東飄西飄蕩然招展
烏雲抱著落日孵蛋
吹口哨的警察脹紅了脖子
等待槍聲響起

包紮所有割掉的耳朵
暮色染血的紗布
過濾了樹枝骨折的聲音
做白日夢的人閉上眼睛
提前結束一生

晚霞掙扎出現的時候
正直的行刑隊
面對無可退路的牆壁
風沙迷住了七竅
落葉求救聲抖抖簌簌

秋風轉過身撕下日曆
天空隨著眸光渙散
遮蔽風勢的身影向前陰暗
道路拐彎抹角
銅像變成城市的中心　　　　3/19/2004

春山一路鳥空啼

一

後視鏡失去方向
迷惑的車子靠緊右線
看不清前面的道路
雲層封鎖青天

搖下半面車窗
白日悲情的眼睛依然
從灰藍低沉的天空
收集層層陰影

一介棄置的石頭黯淡
亡命的天涯像大海茫茫
彷彿從對岸遠遠傳來
鷗鳥淒厲的叫喚

背向驚濤海岸
旗子上下翻騰腦海
野草蔓生的鄉野
散發著碧綠的氣味清新

鳥從掌中飛走
雲影讓天空低下頭來
浪花泡沫濺出
傷春的神情眺望著遙遠

卵石在河床裡四下滾動
手掌握空的感覺
蝙蝠飛亂的黃昏倒退
晚來的東風正緊

夕陽充血的羞恥
抹紅了島嶼的春野無盡
新生嬰兒的啼哭
夾在合不攏的兩腿之間

3/21/2004

二

又一次民主大選結束
慶祝和抗議的人群四處
各自擁護人民的主人
搧火的話語，冒煙的正義
火焰穿透一切事物
都屬於黃昏的一部分

拆掉了所有的銅像

遺忘記憶的樹葉零落
晚霞的人心，杜鵑血紅
亡靈在風中呼喊烏鴉的羽毛
暮色塞滿上了年紀的胸懷
我在沈默中保持清醒

為了拯救滅亡的國家
道路重疊延伸道路
陷入茫茫沈思的鄉野
麻雀吱喳，不反對什麼
太陽燃燒播種的土地
要贏才會有一切的打拼

歷史是夢中發生的事
雲在移動，月亮突然消失
活著的人變成影子
春天才剛剛開始熱烈
白日的灰燼和黑暗的安寧
都成了春夜的一部分

3/30/08

後記：

　　2004 年總統大選，國民黨敗北。我寫了些政治詩，其中一首〈春山一路鳥空啼〉，是針對國民黨敗選的。這次民進黨敗選，沒什麼特別感覺和靈感。沒想到蔡秀菊很激動，又寫詩又寫感想的。感佩她不認輸的精神，週末無聊，也畫了葫蘆，用同樣的詩題寫首詩，也算是個紀念。

從總統府廣場回來

有人變成氣球
在掌聲中迅速飄升
有人狂呼口號掉了牙齒
有人變成一朵浮雲
在空中無故消失
有人積了一肚子鳥糞

撫弄一隻抓狂的鳥
有人在暗地裡消磨天色
講究著齊家治國
有人像枚銅板白白
卡住販賣機的投幣孔
有人硬撐著萎縮的龜頭

有人變成石頭死硬
擋住盲人的去路
有人變成鋒利一把刀
晃亮眼中憤怒的血絲
有人變成一朵鮮花剪枝
插在好看的瓶中

有人撩高裙子
將國旗做成三角內褲
有人自動變成紅心槍靶
猛打軟化的槍管
有人射殺天使
捏緊硝煙熏黑的拳頭

日子的背影拉長
夕陽腐蝕激動的人心
從總統府廣場回來
有人學習改變鄉音
將天空荒廢折磨
有人變成一面鏡子空空

空洞窒息的聲音
在槍膛銹蝕無人認領
有人躺下變成一條死路
在黑暗廣大的夜裡
有人流淚翻著白眼
尋找夢的入口

3/31/2004

病發不可收拾

污染的河川日以繼夜
大眾拼命傾倒垃圾
相互交替傳播禽流感
口沫爭著上下噴吐
政客集體感染了口蹄疫
手腳四處蓋章打印

大拜拜廟堂殺豬請客
口角白白淌下油水
皮條客結隊帶來疳瘡
牙齒到處抹黑
大家噴完狗血摸完雞
成群說客帶來了非典疫症

填鴨子教育從頭改革
打開嘴巴朝天
一張張接受上級的舌頭
流言在下游泛濫成災
河面上豬狗漂浮日夜
集體訴說了島嶼的悲情

5/30/2004

你說我說

你說眼睛是黑的
杜鵑泣血的心是紅的
我說眼睛是紅的
而流血凝乾後是黑的

李登輝說二二八恐佈是白的
我說高爾夫球比較白
比尹清楓翻白的眼球還要白

陳水扁說臺灣島是綠的
我說鈔票真的很綠
比人民發綠的眼睛還綠

宋楚瑜說天空是泛藍的
我說兩岸翻騰的大海是藍的
看天空的眼睛更是藍的

呂秀蓮說對岸的星星很紅
我說張開的嘴巴更紅
搧火的舌頭更是紅的發紫

　　你說我說的是黑的
　　烏鴉和夜色也是黑的
　　我說我說的是白的
　　頭髮一夜從黑變白的

7/26/2004

主席臺

從南京板鴨到北平烤鴨
又轉回台灣薑母的番鴨
講話突然冒出黑煙
他撕破講稿連篇
雙手變成爪子
也不管講雞講鴨生癬生瘡
最後一串總是講鵝

白白口沫不能解釋
在鼻孔打出的噴嚏裡
吃了鵝肉的癩蝦蟆
聽到雷聲震動泛藍的天空
神魂飛越青綠的河山
道路前面還是道路
我們不小心搬動椅子

煙囱面對著太陽半空火紅
他的頭頂放出光芒
屁股又冷又硬
好不容易走下臺來
鴨子搖擺呱呱叫個不停
屁股高高翹起
遮住不能飛行的視線　　　　　8/6/2004

椅子得痔的問題

口沫飛黃騰達
衰衰豬公
有面子的臉
跟屁股一樣大
坐熱了座位也擔心
屁股坐得太久
白話會愈說愈多
舌頭會愈扯愈堅韌不拔
愈需要馬殺雞招待
讓肥肉的分量勻稱得體
增加下面的彈性

沙發椅要有彈性
得痔的屁股
也怕還沒坐暖
哨音一響
大風吹的遊戲開始
又要爭先搶位
屁股下活活受罪的彈簧
苦苦咬牙忍住呻吟
又要同情得痔的上面
又擔心下面
想要反彈卻失去彈性　　　　8/23/2004

黑夜的變奏

一

這城市充滿霉味
血水激起蒼蠅的激情
上百萬屍體在地下腐爛
怕只怕天使脫逃不遠
眼皮蓋住失眠跳動的夢魘
關不住的口水流溼床鋪
白蟻啃嚙著樑柱
怕只怕半夜磨牙的聲音

月光開始流動的時候
脂肪冒著青煙裊裊
怕只怕影子離開身體
在街上遊蕩交配
怕只怕經血凝黑夜色
狗在街頭狂吠不已
房子摟著房子挨靠一起
貓在屋頂叫春

繁殖過多的老鼠四下奔竄
門戶關得更緊更密

怕只怕星星之間的黑暗
鐘聲滴滴答答
靈魂在肉體裡暗暗腐敗
陰森森灰蛾撲打著窗
屍體將深夜翻了個身
壓住白日消失的夢

3/25/2004

二

柏油
路上沒有露水
死者的影子走出身體
四處穿街過巷
在隨地拋棄的垃圾袋裡
尋找失散的肢體

寂寞浸漬的腦子
像瓶裡的豆腐乳過了保存期
銳利失眠的尖刀
流下鮮血淚水
在屋子裡慢慢分解屍體

陰毛像火焰燒焦一樣
女人光著身子
扯掉一頭長髮烏黑

走進鏡子的靈魂
深入月光消逝的地方

掉落的牙齒無法咬合
黑暗失禁的陰穴
鬧鐘沒有上緊發條
出軌的光陰
滴答滴答漏出腦漿

天下發黑的時候
啃著月亮鋒利的鋒芒
野狗猛搖著尾巴
搖得街道左右晃得厲害
一個世界正在消失

7/25/2004

後記：
看完臺灣分屍案新聞，有感而發，遂成此詩。
新聞報導：台中縣龍井鄉的獅子會前會長趙寅昌被人砍下
頭顱，身首分裝在兩隻垃圾袋，棄屍大肚山區。兇手黃麗燕在台
北落網，根據供詞表示，因為無法接受交往多年的同居男友竟是
有婦之夫，而且常常對她暴力相向，7 月 9 日當天，趙寅昌酒後
向她求歡，引來黃麗燕不滿，一怒之下便拿菜刀，將趙寅昌砍死
後分屍。黃麗燕被捕時起出死者趙寅昌的筆記型電腦，而趙寅昌
在去年底的陳金火分屍案，正巧是收購施姓女保險員筆記型電腦

的通訊行老闆，兩起分屍案，最後都發現死者的筆記型電腦，這是巧合，還是冥冥之中有無法解釋的因果。

去年 12 月 7 日，施姓女保險員依約到台中縣龍井鄉陳金火開設的機車行商談保險事宜，卻落入屍骨無存的死劫當中。女保險員不僅慘遭分屍，而且部分屍塊至今仍然找不到。檢察官求處陳金火死刑，共犯廣德強有期徒刑 20 年，不過被害人家屬擦乾了眼淚說：「怎麼可能原諒他，他也要一命賠一命，一命賠一命也不夠，要槍斃才夠。」家屬心痛女兒死無全屍，再加上陳金火坦承吃了部分屍塊，家屬更是難以按耐悲憤的情緒，直說恨不得將兇手千刀萬剮：「可以的話，拖出來我剮他，看他怎麼剮我女兒，我就一刀一刀的剮他，看他怎麼凌遲我女兒，我就怎麼凌遲他。」

三

沒有任何蟲聲的城市
成堆困死的蒼蠅
會讓窗子自動打開
半夜緊張磨牙的聲音
會讓鐘擺無故停止

大群白蟻圍著燈罩旋繞衝撞
有人想像燭火燃燒自己
照亮受傷的靈魂
有人像撲火的灰蛾
在火焰前飛舞巨大的陰影

夢到太陽淪入黑夜的子宮
有人扭亮電燈才敢睡覺
害怕門窗沒有鎖緊
有人在夢中掙扎
不讓亡靈乘虛而入

寂寞在內心產生空白
有人喃喃自語
反覆折磨失眠的心思
將削尖的鉛筆
戳穿記憶留白的紙頁

鑰匙叮叮噹噹
有人還沒來得及呻吟
伏倒在女人諂媚的身上
腦海突然漆黑一片
精水一流如注

濕漉漉的月色閃爍其詞
憋了一泡尿的情婦
徹夜看著自己伸出的手
聆聽著滴滴答答
死者腦中還發出的聲響

夢醒時兩眼充滿血絲
對著鏡子作鬼臉

嚇得鏡子裡的人面無血色
毛骨悚然的尖聲驚叫
鏡片碎裂一地

讓鐘擺無故停止
磨牙的聲音反反覆覆
窗子打開又自動關上
街上一條條深黑的煞車痕
穿過沒有人影的城市

9/10/2004

捧住外交部長的卵葩

一

一堆堆銀子
灑在鼻屎大的邦交
搞完援交的部長目光激動
口水吐成白沫
將俗語說穿到底

卵葩捧在掌心
馬屁拍出沖天的氣味
唐山來的鄉親目光殷切
張大受用的嘴
吐出呻吟的嘆息

10/2/2004

附記：

　　陳唐山說，這個星期一（9/27/2004）南部五、六十位鄉親前來請願，質疑外館名稱為什麼不能用「台灣」，他說明自己過去搞台獨，今天當外交部長，能做的，能改的，他難道不做嗎？「我心裡很痛苦，一方面有理想，一方面要有務實做法，你們不了解我的心情」，連新加坡這一個鼻屎大的國家也在聯合國裡批評我們，講那麼多話。他指出，當天他是在這樣的心情下，用小

時候學的話講出來，說新加坡是「ㄆㄛ中國的卵葩」，因爲對象
是中南部的鄉親，這種直接的語言他們一聽就曉得外交部的困
難，「如果我去廟會說要走外交途徑或非常遺憾之類的話，他們
無法了解的」。

二

外交就是製造援交
跳蚤亂咬的眾屎之地
臨財母狗得
全身都是陰毛沖沖

部長的包皮不斷膨脹
做成皮包外銷
與敵人交口廝爭
口交的唾沫激昂噴濺

叫萬歲萬萬歲
陽萎的部長在床上
像母狗一樣苟延殘喘
氣呼呼說不要靠妖

8/31/2005

我們的夢彼此抵消

我們相互對立
像對著鏡子相互模仿
如同影子模仿它的主人
因為對方的存在
肯定了絕對的自己

尋找與身體分離的影子
我們背道而馳
在對方走失的背影裡
灰色廣泛的天空
找到灰色均分的大地

抹去心血耗盡的話語
愈擦愈髒的鏡子
不能抹殺對方的影子
看著鏡裡的人轉身離去
睜大的眼睛相向而又相悖

與身體徹底分離的靈魂
在鏡中彼此對望
故鄉徹底區分的命運
藍和綠的顏色彼此抵消
混合成絕對的灰　　　1/26/2005

開槍的問題

有人肚皮劃出血痕
像跳肚皮舞的嘴唇緊閉
有人膝蓋永遠不會彎
即使子彈穿過去
有人流光了鼻涕眼淚
舌頭打著中國結
將牙齒和血一起吞

都有機會說話了
人人都在起跑線上
口沫交射橫飛
鞭炮聲掩蓋了槍聲
時間地點和國運互相配合
鼓掌聲掩蓋了噓聲
天時地利與人和相互利用

証據不會自己說話
有人宣佈破了案
因為凶手畏罪自殺
有人翻了白眼
說是槍殺失敗而自責輕生

有人要求真相石沈大海
因為天理死無對証

亮出磨亮的牙齒
不能再白的自白
都説出沈痛的心聲
再不就沒機會了
震聾的耳朵高高豎起
人人仍在起跑線上
等待會説明一切的槍聲

3/31/2005

現代啓示錄

一

太陽太大
我們戴著黑色的眼鏡
找不到人生的出口
嗡嗡嗡嗡
蒼蠅出現的時候
狗屎不會太遠

火焰縱情的聲音
嗡嗡嗡嗡
我們夾緊卵蛋
玫瑰中的玫瑰綻放
燒焦的回音無處可去
大地接受了灰燼

血比玫瑰更紅
在赤焰灼熱的霞光中
找不到死亡的出路
嗡嗡嗡嗡
狗夾緊尾巴
沒有人尖聲驚叫

死者告別的時候
眼睛睜得太大
嗡嗡嗡嗡
一大片血漬凝黑了
嗡嗡嗡嗡
蚊子就要出現

星星滴光了漆黑的天空
嗡嗡嗡嗡
死者繼續睡眠
嗡嗡嗡嗡
黑暗無處可去的時候
我們接近了夢境

2/8/2005

二

貧血的荒草
也有蔓延的妄想
日夜顛倒黑白
到處是遺失的陰影
墓地滿了
推土機一來
清光所有的屍骨

打開蒼白的生命
像打開傷口
也有流血的欲望
像巨高的樹
招惹浮雲一朵朵
我和這世界
有過火和木柴的爭吵

火焰會招來風
風又會搧起火
頻頻失事的飛機
子宮口一直冒著黑煙
天空滿了
土石流會自動清洗
樹木砍光的山頭

淹水不能解決缺水
道路滿了
無法又交又通
消化不良的垃圾
堵塞血管
到處是丟棄的記憶
城市滿了

6/19/2005

空氣的作用

議會裡口水噴濺
淹沒到膝蓋
混水可以撈魚摸蝦
耳赤的話語飆高溫度
像冒上來的氣泡一串串
各種顏色繽紛
心臟像打氣的幫浦
讓鼻孔直冒青煙
血壓漲大的腦袋紅得發紫
像氣球不斷膨脹升高
一個接一個
在半空中爆了開來

7/5/2005

回歸之旅

花粉交配的季節
我們一路經過
河邊哭泣的石頭
烏雲知道雨滴
能落到多遠
我們走上這條路
不知道羽冠喪失的問題

不要揭開瘡疤
血紅的承諾會變黑
太陽知道天空
有多麼荒蕪
我們踏入土地的腳
不知道家鄉的方向
要不要哀悼去殼的稻米

星子知道星光
能到達多遠
我們過海的時候
肉被啃得一乾二淨
泛白的骨頭

束緊脖子的領帶
不知道雞肋該不該丟棄

7/16/2005

附記：
　二〇〇五年四月二十六日國民黨主席連戰前往中國大陸展
開「和平之旅」
　五月五日親民黨主席宋楚瑜前往中國大陸展開「搭橋之
旅」
　七月六日新黨主席郁慕明前往中國大陸展開「民族之旅」

政　客

漂過白的屁股
坐在椅子上
一鬆弛
屁話連連出口成章
像街道吞吐瘴氣青煙

垂涎另一張椅子
嘴巴合不攏
像沒法繃緊的
一張張欽點的
屁股磨得金光亮麗

眼睛瞪得賊亮
便秘的呻吟
像蔽日的烏雲
淌下口水
親吻黑金閃閃的城市

7/17/2005

舌頭羞怯的地方

火焰說話的時候
灰燼沉默
我們說話的時候
死者沉默
因為我們正在說著
死者說過的話

只有健忘才能活著
聲音是火焰
舌頭的火焰
燃燒生命熊熊的激情
只有灰燼才能
滿足大地的養份

像黑夜結束白日
成熟的水果
終要腐爛
死者重新說話的時候
新鮮赤紅的傷口
飛出蝴蝶

月亮留下一個缺口
讓夜變得幽深
舌頭不能觸及
說不出口的地方
月光的紗布
結紮著散亂的心思

和死者親密的夜晚
舌頭相互攪動
記憶陰暗的通道
掛滿蛛網
什麼也沒說
寂靜正在擴散

8/26/2005

歷史的處境

一

鳥不會知道
鳥籠什麼時候空著

聽不懂同床伴侶
磨牙的囈語
夢中驚醒過來
大樓一棟又一棟沈默
夜透不過氣來
鳥在籠子裡突然
發出人聽不懂的
向天空呼救的啼鳴

人不會明白
鳥籠為什麼空著

二

報紙沿著街道
丟下一束細綁的晨光
有人走進廣場
修改看台上的標語

狗和骨頭的影子周旋
昨日群眾的呼嘯
有舌頭不能觸及的地方

穿過身體的目光炎炎
散發著火焰
冰雪融化的流言成災
陽光強烈
樹影就分外清晰
街道擁擠
車子就沒辦法倒退

星星在天空背後
傾聽著黑暗的聲音
我們說話的時候
死者沈默
因為我們正在說著
死者過時的話語

口水塗抹著書頁
人影在烈日裡融化
雷聲在雲層裡打鼾
嚼碎詞義的狗嘴激動
不能解渴的可樂
高喊著消暑的泡沫

老人駝著黃昏
陰影抹掉廣場的時候
生澀的柿子轉紅
睡前他突然想到
磨光一把斧子
隔天夢醒
遍地林木已經砍倒

眺望星星
讓人的眼睛發亮
促使塗鴉的歷史結束
深夜的狗吠著
神話到達不了的明天
孩子睡著了
夢中重溫白日的嬉戲

9/23/2005

臺北街頭口占

條條大道光明
通往銀行廟宇天堂
看不見土壤的街道上
一雙雙皮鞋金亮

膜拜塑金的
神像愈大法力愈強
花葉連根拔去
也會結出多汁的梨

目光聚焦的神像
背後看不到的陰影
正在加深白日的夢境
路會越走越遠

8/31/2005

會議桌的中心

牆上的釘子
掛著我們的影子
會議桌的中心
是光源所在

利害糾纏的目光
互相打成死結
讓我們離不開座位
每個人都成了器

有人是個空水瓶
各種聲音低調
只要杯子還有水
茶葉就能與世沉浮

有人是椅子陳舊
坐過屁股印重重疊疊
一額頭的皺紋
是過期的支票作廢

有人是滅火器

口水能淹死螞蟻
有人是花瓶
插著各式各樣的旗

四下呼求同志
屁聲畢畢剝剝不斷
有人是火爐
沒有火焰只冒煙

飯桶愈裝愈模樣
椅子吱吱作響個不行
官大馬屁大
椅子磨得發亮精光

最後心臟休克
一個個倒在桌上
成了煙灰缸
裝滿灰燼和煙屁股

9/19/2005

早晨的故事

父親的影子像條道路
一直穿過國土
咳聲改變了請安的晨光
黎明沉默的時刻
搬開一顆石頭
他才從故事中出發

路上的石頭太多
當真的道理愈辯愈明
字詞都是陷阱
他的汗水變成口水
踩著石頭踮腳
眺望太遠的路口分岔

路標含義不清
綠色的頭巾頂出太陽
亡羊在歧路徬徨
繞過父親的影子太近
從文字歧義中
他抵達另一個國家

9/29/2005

血在流失的時候

挺著勃起的槍桿
一個人昂然走進妓院
則另個城市的街尾
必定有人低頭挺著肚子
走進秘密墮胎的診所

遺忘陽具的床舖
像大海失去船的蹤影
女人下垂的子宮
像傳統吆喝的市場
叫賣死魚的腥味

說是世界為了愛
一顆子彈無辜穿過
平民的腦袋開花
則地球另一端必有
政客緊緊握雨交談歡會

精子進入卵子的時候
銅像立在城市中央
堅持一種主義
像沙丁魚在過期的罐頭
浸泡血紅的蕃茄醬

11/7/2005

我們的話語

　　話語喧賓奪主，讓身體與靈魂分離，嗜血的舌頭，留下祖先的聲音。用自己的方言說話，這是我的家園，這是我的田地，同一種族的人，分成不同派系，在自己的口音中團結。容易激動的舌頭，口水愈流愈多，形成洶洶一條河，濁水溪一樣奔流到海。吃過日本的口水，死了還保留著本土的口音，血會變黑，葉子會變黃，我們堅持著自己的顏色。隔著河水對喊。吶喊的本身，就是自我，就是肯定，我們介意的就是河岸。

　　符咒要有效，口音就要正確，乩童跳舞的場合，有政治的正確。河洛話變成閩南話，閩南話變成臺灣話，我們的遠親近鄰，所謂鄉土，就是親人埋葬的地方。槍聲對於聾子，像口號對於耳朵，瘋狗狂吠著火車，火焰的雞鳴讓天地破曉。有人長著綠色尖尖的耳朵，和藍色鬱鬱的眼睛，有人的眼睛發綠，割掉了耳朵，島嶼上飛翔著麻雀，吱吱喳喳，述說著蚱蜢耍弄公雞的神話。狼在遠方哭號，我們的水牛，我們的田園，調色板上陳腔濫調，顏色反反覆覆互相抵消。

　　讓我們不會結結巴巴，所謂方言，肯定了光明，見證了向晚的天色。落日在兩腿間墜落，時鐘全部停止，蘋果爛到了核心。像海，遙不可及的地方，潮水會抹掉所有的腳印，那一天，我們會兩手空空，擁抱住對方，向死人學習日常用語，平心靜氣。

11/30/2005

聽見了這個國家的語言

一

足衣足食然後
熱血的男女占據街頭
呼喊震天的口號
抗議政府不公不義
有人淚水沾襟
有人開始絕食

集體難得趁機
叮著吸著一腹滿滿
熱氣騰騰的血
天理四下散佈
信仰黑夜的蚊子
解放了公義的語詞

大道風行草偃
吃下一層層黑暗
吃掉聚蚊成雷
消化掉折騰的熱血
蝙蝠見不得光
飛繞更深更遠的夜

1/8/2006

二

放下手中書本
一頁頁白紙黑字
我們願意相信歷史
熱血衝上頭顱
要求和太陽對話

血流出來的話語
比落日下山還要紅赤
手在心口愈掏愈深
夕陽燒焦的餘燼
不敢發出歎息

雷電隱蔽在雲層後面
叫爹的哭喊
比叫娘的口號還響
子彈穿過胸膛
詢問傷口能有多深

一口痰哽住喉嚨
寂靜摟著自己的影子
要求大地回答
血跡凝結的言語
比閉不上的眼睛還黑

我們躺在廣場
看著天空作夢的臉色
春天很早就結束
落花如雪飄零
在心中裝滿夜色

1/9/2006

相信未來

我將手伸進人心
想觸摸點實在的東西
譬如河床上的卵石
譬如田野和斧子
而掏空的身心如故
像一盞燈亮在白天

在佛陀的手臂上
毒蛇試著利牙
在犯人的頸子上
劊子手試著刀鋒
世世代代的夢
像追逐著天空的浮雲

生鏽的鐮刀
看不起金黃的田野
國家的棟樑
有白蟻蛀空的黑洞
我宰殺了啼曉的公雞
來到佛前進香許願

斧子磨出雪亮
落葉紛紛飄落下來
麻雀吱喳著人世繁華
烏鴉的眼珠又黑又亮
在枯枝上啄咬著
一顆血淋淋的落日

1/24/2006

傍晚的故事

我伸長手臂
指向光明的道路
命運不能違逆避免
我的夢想終會
奔向嶄新的都城

走上路的盡頭
我會看見光
萬民俯拜的光
我知道如何領導向前
當人民站起腳跟

群眾走了又走
沒有路標的前途
亡羊沒有找到答案
天色愈來愈晚
迷失了路程

對於太陽的恐懼
大家都睡著了
現在我才知道
如何向星星詢問
道路的方向和夢境　　　2/16/06

小市民的心聲

為了民生大計打拼
官商在飯館裡交頭應酬
在酒杯中對抗夢想
不得不傷透腦筋
噴了很多口水
和金碧裝潢的笑聲

在燈前對抗月色
知識份子關起門來
起草一篇宣言
為了國家和前途著想
不得不搜盡枯腸
安排妥當的詞彙感人

生活讓牙齒堅硬
對抗消化不了的夜色
不得不讓汗水蒸發
在夜市小攤上
又是一碗滷肉飯
我們沒有怨悔的一生

5/6/06

總統的談話

空氣穿過他的嘴巴
動詞像牙齒開始鬆動
沒能咬碎的飯粒
在牙縫間向外張望現實
讓大家洞徹陳腔

閃過牙齒不小心的咬合
名詞含義不明
像舌頭吞吐不定
影響字典的銷售使用
並造成王后的呻吟和哈欠

配合誇大的手勢生動
活潑潑形容詞亂跳
像飛濺的口沫推陳出新
噴散滿天星子
增加面孔強調的亮光

當然還是副詞最多
並且必須如此所以不然
說話停頓的時候
沒有掌聲重覆等候
吻合屁股坐扁坐熱的椅墊

5/20/06

駙馬這樣做

馬無野草不肥
沒有該不該吃的問題
如果需要參加飯局
不是大駕請不請
只有交情套不套
名片交不交換的關係
狗見到骨頭總是要啃
不會管貪不貪吃
老鼠咬破布袋
不會有沒有牙齒的問題

飯局裡交易的消息
是耳朵有沒有聽清楚
塞住牙縫的肉屑
不會是肥是瘦是多是少
剔牙的牙線到底多長
沒有懷疑的問題
蒼蠅碰到食物
不管垃圾還是乾淨
總是嗡嗡暢快自得其樂
不是貪不貪心的問題

虎豹不會有良心的問題
獅子開口就要吃肉
禽獸自有禽獸的天性
狼不吃羊就要餓死
是蚊子就要吸血
是狗就會搖著尾巴
吃完飯局抹了嘴
別人怎樣買單沒有關係
只有肚皮飽不飽的問題
難道這樣做錯了嗎

7/22/06

2006 罄竹難書的話劇

高傲的綠枝上
鳥聲提高閃亮的音階
一群群宴請的人馬會集
比鳳凰花更加火紅的
是喧嘩的舌頭
夏天踩住狗的尾巴
狂吠的陽光亢奮焦急

主人自有主人的道理
加了糖水的檸檬汁
不能一一止渴
黑鴉鴉冒煙的人頭
大火向上燒天
滿地激烈的口水噴濺
比汗水蒸發容易

吃到剩下一根雞肋
主人的笑容像個開罐器
響亮的頭銜印在名片
有人屁股黏住椅子
一肚子肥肉下墜

頻頻打著嗝
冒出腐敗的口氣

島嶼像狗啃過的骨頭
天色窒息的時候
有人拉緊領帶
覓食的麻雀頸上的繩索
讓臉紅脖子粗的秋天
和擠完汁的檸檬
成為牙齒掉落的話題

8/18/06

紀念楊儒門特赦

像失控的交通號誌
在十字路口瘋狂閃爍
比爆開的炸彈還響
緋紅的舌頭閃亮
成了聚光的焦點

烏雲的沈溺剛剛開始
等待播種的田畝
回想春風化雨
鷺鷥飛翔的版圖
是蒼翠喜悦的國度

廢土嚴重淤積
灰色的腦漿裡
在野的夢想移植
像彩虹橫空架在
口水咄咄濕透的島嶼

曾經抵抗殖民的統治
芒花在鄉野引頸
搖頭成了風
掀起一種發白的稻浪
成了一片光景　　　6/23/07

熱血冷卻的時候慶祝國慶

鞭炮霹靂炸響
火藥味和青煙瀰漫
沒有人聽見槍聲
命中的子彈偏離紅心

流血的謠言讓天變黑
傾聽統治者暗暗
臨死前的話語
天使們守候到半夜

赤裸公開的疤痕
見証了一個國家的傷口
悲情的淚水滴下時
太陽不會熄滅

國慶鞭炮震天
亡國的謠言變得更黑
上膛的槍管沈默
天使從此常常失眠

10/10/07

島嶼手記

一

一切都是海的韻律
浪花誕生出島嶼
山巒像搖籃高低起伏
河流沖刷成沙成岸
有風就有鼓滿的帆
魚群產下魚卵
順從循環不已的潮流

天光平靜的海面上
覓食的鷗鳥
有優美滑翔的姿態
屍骸在水底冒煙
黑暗的腦海裡
海難者仍在夢中掙扎
浪花泡沫的呢喃

火焰的玫瑰
把太陽拖進海裡
颱風暴雨的節奏

大樹連根拔起
潮水倒灌鄉土
海充滿了男女的氣味
教堂鐘聲通天回響

摘過玫瑰花枝
目光和天空交會蔚藍
倖存者的記憶流失
一次次土石流
讓島嶼更接近海面
流雲飄浮終日
光明有光明的缺口

　　　　　　10/7/07

二

遊民四處遊蕩
在擱淺的眼神裡
傳單散落一地
示威的群眾穿過凌亂
氣憤堵塞的胸口
有船難出沒的礁岩

彩虹虛幻高掛
低飛的蒼蠅搓手搓腳
找到腐敗的地方

拼命下卵營生
陰暗發霉的鄉愁
充滿流浪氣氛的時光

在地震預測出來的震央
有人高唱亡國的調子
謠言像霧一樣飄散
打造神話的方舟
歌仔戲發酸的哭調裡
有離家暈船的感覺昏眩

像大海包容河流
沖下來砂石和垃圾
彎腰的義工沒有埋怨
打掃街道市區
生根的島民更多的志願
順從大海寬容的本性

浪花遠渡的夢想
像一支流亡悲情的歌
找到新生的旋律
精子著床的時候
一切都是涯岸施捨
島嶼正在讓大海懷孕

10/17/07

三

注視著河流入海
離岸的眼睛閉上太陽
夜的雙掌合十祈禱
島嶼像搖藍搖晃

黑暗有黑暗的尊嚴
露滴慢慢形成
星辰閃爍
野草恣意生長

樹根向下深入
一條蛇夢見的伊甸園

讓月亮更加寧靜
葉尖抖落晶瑩的露
我和死者重聚
種子的秘密

月光讓樹汁流動
森林踴舞
孩子在睡眠中悄悄成長
靈魂親近土地

一切都是腳步
溪流將清晨帶到我的軀體

10/20/07

四

一條河流過秋野寧靜
帶領著以往的日子
吵嚷不休的
有關死者的話語
不能平息我
只有回憶安慰的心

踐踏著初春的花朵
那年麻雀撲騰
狗轉著圈子咬上尾巴
像青山遺失綠水
說幾句話就抓進牢裡
心裡的黑吞噬夜晚

像水牛低頭的
父親向土地鞠躬
反射著赤裸的陽光
新翻泥土的氣味溫暖
百合花高貴的心事
散布在島嶼青青的秧田

火焰和灰燼的吵嚷
暮色塞滿胸膛
政客在台上練習咳嗽

銅像要求
比石頭更堅硬的忠誠
烏鴉保持沈默

母親常常獨自走到河岸
看河水悄悄流逝
呼叫被遺忘的名字
不安似海
一些荒涼的憶念遙遠
再久再久一些不捨

老樹的根鬚抱緊土地
海風折騰的山野
芒花洶湧
踩著落葉的腳步
落日沒有回響
我看著雲霞鋪展天空

3/21/08

五

站在台灣人站起來的頭頂
像玉山對著天空發誓
他滔滔不絕
浮雲堆積的河流的源頭
話語裡許多漩渦泡沫

急流快速沖刷土石

對著虛幻澎脹的大餅妄想
我的舌頭像狗一樣
伸出來憑空喘息
陽光平白刺眼
在口水泥濘的鄉土
水深對照著火熱的意識

他空手揮舞變天的雲彩
夕陽打著哈欠
我悔改的心思陰暗
感覺島嶼像發霉的麵包
更正的歷史過期
謠傳著一粒麥子不死

9/15/08

六

雲朵飄過藍天
黑暗的日子在土裡面
春筍長成了竹子
昨天著火燒焦的落日
是海峽隱沒的礁岩
朝陽保持靜默

露水打濕天空
踏過落葉飄零的往事
我到墓園探望
靜躺在土裡的家人
綿綿碧野連接著青雲
路徑上有樹根草根

向土地鞠躬的背脊
抗拒陽光赤烈
稻浪吹過祖先的島嶼
山崗依舊碧綠發亮
用家鄉的話語保持清醒
我認認真真活著

水牛犁過家鄉的夢土
秋天讓大地乾淨
百合在野地持續茁壯
體會到星星就是露水
我走向祖先的腳步
也是土地的根

3/15/08

一位支持台獨的份子

青天白日的日光昏眩
鴉群烏黑的叫聲四下呱噪
沒有留下空白的餘地
熱血迅速沸騰的政治版
在唾面自乾的口水蒸發之後
有生命泠淡的一種冷

台商前進大陸有所不及
政客勾心的財經版
像滿地吐血變色的檳榔汁
一位固定支持台獨的份子
在養家糊口內守法繳稅
有荷包委屈的內情

蘋果熟爛就格外香艷
社會版像廣告五花八門
反映沒法回收垃圾的社會
講究氣節的台獨同情份子
怪罪口沫流淌淹沒島嶼
一生保守的胸口鬱悶

天天烏黑鬱卒的繁体字
密密麻麻遮天敝日
整份自由時報定時塞滿視線
一位死心支持台獨的份子
無所保留的鄉土掏心掏肺
像供奉過久的犧牲

11/2/07

無關青天的地方

雄雞啼過金屬的
屬於歷史激昂的土地
我們用熱血種植石塊
像激情四下繁殖
跌打損傷的歷史記憶
拳頭佔據了硬挺的時間
壯陽的鹿鞭蛇鞭
熾熱高溫的眼神昏眩
有陽光和血的內容

叫賣愛心提煉的膏藥
江湖的流浪漢
捶打刺青的無毛的胸膛
沒有吃奶的問題
屬於祖先和子孫的鄉野
太陽嚴重發紅發炎的
陰私腐爛的傷口
像受孕的花朵盛開
遍地吹散入魔的春風

一串串奇形的鑰匙

打開一扇門又一扇門
屬於我們自己的城市
錢幣上鑄造人像
往事繼續重覆演出
尿意充滿了膀胱和意識
果子掉落失望的感覺
在來不及的夢裡
怨恨延遲了勃起的生命

釘死的釘子
複製消失的伊甸園
高樓愈蓋愈接近天堂
冷氣機過濾空氣
紗門紗窗排除蚊蟲
缺乏蟲子的鳥聲
接近天空沈默的本質
陰溝堵塞的街道
有黑暗和血的內容

11/11/07

口水犯沖的國家

一

在懷疑圍困的國度
摘下的玫瑰是血
蛇伸出了舌頭
日子陰暗
地上是碰撞的微塵反射
自己牢牢掌握的命運
一口氣用來報復

眼睛盯著過去
許多歷史事件重新發生
除了絆倒的腳步聲
豎起的耳朵
不管怎麼呼喚也聽不見
作夢時説謊的嘴巴
沒有切齒的束縛

在信仰懷疑的國度
口水泡軟骨頭
檳榔汁比血更紅

方言一連串
在空中架起天堂的階梯
蛇蛻下一層皮
質疑的靈魂擋住去路

6/16/06

二

除了逢源的本領
他的舌頭厲害
吐出淹溺的口沫
能引發水災
綠色的山坡下滑
暴雨滂沱的天空失色
禁止藍色的吶喊

能揮動颱風繞境
他的手勢俐落
音符在指間排練跳躍
搖晃高樓的城市
亢龍飛天高吭一曲
驚嘆觀止的彩虹
讓萬民凸出眼睛

無法抗拒的舌頭
給了一切許諾

指揮的手勢離開譜曲
跋涉沈淪的泥濘
民眾深一腳淺一腳
島嶼潰堤的感覺
流出一身冷汗

1/28/07

三

傷口的記憶
像奉獻的犧牲血紅
剛剛鮮紅宰殺

死者秘密的話語
在地下和盤根糾纏
樹長得翠綠茂盛

不僅僅是舌頭
他的目光熊熊燒旺
夕陽火熱的餘暉

百姓嘮嘮叨叨的抱怨
變成悅耳的音樂
反芻了多年

他的言語五彩繽紛

像晚霞激盪
天空俯首聽命

一整碗飯捧在掌上
所謂吃台灣米
吃到軟弱的本性

空洞充滿了飢渴
他張開的嘴巴
是通往黑夜的入口

失眠混淆的睡意
不能解釋清楚
夢想佔據了一切

7/4/07

四

擋在路中央

一個舉國嚴重的事故
竟然有人豈有此理
不怕被車子壓扁

塵埃漫天飛揚的時候
群眾怒目夾道

一群狗垂著尾巴
落葉樹的嘆息
跨過安全島的柵欄

擋在路中央

黑白對比分明
斑馬線走的不是斑馬
紅綠燈不許亮紅燈

而馬屁狗屁連番吹奏
中了風的氣餤
比青天的高度還高
斷了牙齒的嘴巴
口沫噴得傾國傾城

擋在路中央

9/23/07

五

一雙鞋穿舊穿破
路再遠只好咬牙走下去
鑰匙會找到鎖孔

口水吐了又吐

講不完的謠言神話還在講
鏡子會找到人影

挖掘土地更深的潛意識
汗水臭味有沒有白流
鮮血會找到犧牲

爭食的碗碟白白摔破摔碎
日子活不活下去
糞便都會找到馬桶

打結的手握了等於沒握
繩子找到原來綑綁的歷史
文字仍在修改不停

平空架起高梯通天
無法著地的鄉愁找到浮雲
眠夢找到天堂的敲門聲

11/11/07

六

六畜興旺的年頭
沒有人會在乎骨頭
口水四下流淌
撿到籃子裡就是好菜

滿滿犧牲貢品
斬雞首發誓的日子
他猛吞大象
吐了不少反胃的苦水

民以食為天的地方
百姓吃驚
默默咀嚼怨言
偶而不免嗆到嘔血

嗆到沒有多少剩餘
一副原諒結紮的表情
他清了清喉嚨說
有夠真好吃

問候吃飽了沒有
陽光偏移
民眾肉眼依舊
盼望蒼天掉下五穀

坐在馬桶上分神
他說出了肚腸裡的話
白米飯再多吃下去
變成一堆屎

11/24/07

七

藍色的天空覆蓋著
牙齒脫口而去
唾沫自乾的大地
一個國家被閹割了
他的兩眼發紅
舌頭更加抖擻高亢

拆除了所有的銅像
他的面色鐵青
不用理會生銹的問題
主人翁的夢想沒有止境
擋路的石頭擊成碎片
沙子是礙眼的真理

有謠言要改變歷史
一群耗子在下水道聚集
計劃黑暗巨大的陰謀
日漸腐敗的土地
是父老的屍體
和對鄉土的留戀

愈挖愈深像在挖井
說不上來的悲愴
只有沈默到底

蒼涼的天空覆蓋著
一個失去信仰的國家
他的臉發出綠光

12/30/07

廣　場

銅像成為廣場的中心
他們高舉雙手

依舊是太陽的芒刺
依舊是指責青天的旗幟
插在血紅依舊的傷口
把頭埋進枕頭裡
依舊是異鄉浮雲的歸夢
依舊是黑白的日子
蒲公英在風中的答案
依舊是壯陽壯膽的
口號成為信仰

廣場成為都城的中心
他們原地跺腳

依舊是色盲的群眾
依舊把舌頭伸向蒼天
紅綠燈閃爍的街頭
依舊是喊爹罵娘的方言
口水在空氣中蒸發

依舊是陽萎的白日
盲目依戀的眼神
依舊是哀悼唱衰的
謝落的杜鵑

背向都城的廣場
他們低著頭

玩弄太陽依舊的掌中
依舊是剝皮的香蕉
挖空心思的總統府
依舊是鬆綁的褲帶勒緊
依舊是咬牙切齒發誓
石頭裂開的沈默
依舊是潮濕發霉的島嶼
依舊是狗皮膏藥的
猶疑不定的陰天

12/16/07

加工區加工的女工

忙碌的加快的腳步
自動的加快的時間
太陽在加班，月亮在加班
汗水濕透的希望在加班
自動化的工廠快速輸送
我們雇用的廉價青春

工廠排放著廢氣廢水
我們排放著屎尿和月經
一切都為了國家社會
老闆的私囊通向政客的口袋
我們羞澀心酸的私囊
倒出來歲月透支的命運

他們一隻手掩著鼻子
另一隻伸出直直的食指
指責煙囪製造了污染
酸雨和災難，而我們聽不見
機器轟隆隆震天的聲音
正在趕工謳歌著勞動

2/6/08

附記：仿自李昌憲的《加工區詩抄》，見笠詩刊 244 期
2004 年 12 月

誰都不知不覺的時候

無言的春雨關在房子裡
母親睜著淚眼到天亮
霉味發白的沈默，呼吸急促
父親終於突然失蹤
日光白白鞭笞著剝皮的香蕉
像烏雲從來未曾有過

太陽強烈搜刮著島嶼
翅膀剪掉的鴿子跳來跳去
在地上暈頭轉向覓食
再沒人提起消失的名字
榨甘庶的夏日，喘息困難
銅像散發著鐵青的光芒

消息窒息的日子，沈默發炎
太陽是火氣潰爛的傷口
誰都不知不覺的時候
我穿越防風林來到大海
泛濫的淚水終將會是
淋熄烈陽的西北雨

2/7/08

附記：仿自呂美親的〈誰都安安靜靜的時候〉，笠詩刊 245
期。其詩又是仿自巫永福的〈誰都不知不覺的時候〉。

一種回答

看見鳥飛過海峽
太陽每天都在惱火
群犬吠亮的心思
骨頭裡有恐懼的黑暗
對岸對我來說
一胎化並不過分

很多人來不及出生
沒法分享大海
礁石保持著沉默
雲朵投下藍色的陰影
潮浪洶湧拍打
為什麼相信天空

像鳴叫過度的的公雞
忍受著炎夏的太陽
他們的眼珠血紅
奪走旗子和勞動的成果
不眨巴著眼
操著國罵：操你媽

鳥兒來回飛過的天空
洩出如洗的陽光
像火在灰爐裡的沉默
浪濤在血液中低語
我用濃濃的鄉音回答
我是你兒子

4/2/2008

變 天

島嶼謠傳地震海嘯
又一次變天
河水不斷自言自語
她選擇相信
激情的泡沫流向大海

浮雲空白在遠視的眼睛
醞釀淚水沈悶
藍色的天空壓迫在
一片綠色大地
她犯了嚴重的憂鬱症

面對空空鏡子裡的自己
光明不可觸及
本土的種籽
埋在強迫的夢裡
重演子宮失血的故事

烏鴉的叫聲
讓黑暗深入人心
她在身體的深處裡
找到黎明失散
猶豫的太陽慢慢爬升　　6/28/08

失蹤的年代

太陽盲目的眼珠
在發青的天空中打轉
練習的嘴巴
在廣場大聲叫喊
金屬燒燙的口號發亮

一口痰卡住脖子勃起
首領滿地紅的心事未了
一切都從頭來過
做成標本的鳥
令人民私底下俯首欽羨

向太陽求救的青天
灰塵拒絕回音
矯正舌頭的年代
練習的耳朵過濾鄉音
和人口失蹤的謠言

咬牙的沈默失蹤
在樹根裸露的土地
一切都是白白的白日
在首領亢奮的白日夢裡
早洩的黑暗拒絕了光　　8/22/08

鳥語充斥早泄的島嶼

太陽腫脹發炎
怪罪一朵糾纏天空的浮雲
他的影子拉拉扯扯
在遊行抗議的群眾裡造勢
以反對的光的名義

和伙伴結合又分離的翅膀
做過高潮抵死的夢
一隻雞拼命嗆叫
濕搭搭掉下來鳥語的刪節號
讓疲軟的島嶼再度勃起

他的舌頭滑不溜丟
不斷擦抹用力刷過的牙齒
口水來不及消化
牙縫裡忘記清除的肉屑
變成百姓爭食的話題

壓扁的屁股折磨失節的
小鳥吱吱亂叫
縱容羽毛飛飄的島嶼
雞啼得失聲
太陽夢遺的蛋黃瀉了一地　　　10/21/08

這個國家的語言

金魚在水缸裡大口喘氣
花插在花瓶裡喊渴
這國家像個城市擁擠
我呆在電視機裡生活
排練十足的表情
蟑螂四下繁殖覓食
散佈陰暗加工的謠言
島嶼沈浮的天象不定

大紅其紫的熱血變成鄉愁
這個國家利用我
喊出火焰叫囂的口號
對著老天發出一陣陣噓聲
痰裡有烏雲散發著激情
海風呼應著口風
在容不下天色的白日夢裡
蛛網的細絲變成福地

陽萎不舉的島嶼
依賴著旗幟高舉硬挺
禁止隨便愛國

像禁止吐痰和垃圾一樣
語言成黨結派
充血的眼珠瞪出火花
集體自慰的靈魂
爆發出白白早洩的高潮

像一個國家無緣
無故活著另一個國家
蜥蜴逃生斷掉尾巴
兀自扭曲掙扎
雲朵帶著青天飛行
落日找到鄉土幻想的根據
口水蛀蝕著牙齒
我只信仰牙刷和主義

波浪帶著大海四下移動
記憶選擇無所認同
時光不知所措
而事物依舊乘機腐敗
悲情的獨白如潮水反覆
死者也在吶喊歷史
我在嘆息的夢裡繼續磨牙
抹黑的夜色後悔不已

4/12/09

介　石

像一塊石頭沈甸甸
鎮壓著反抗的沈默
黑暗死硬的心裡
囚禁著歷史
地震不定時驚醒
都城變天的夢魘斷魂
萬歲聲中迴盪著鄉愁
大街小巷重新命名
重覆著國土萎縮的回憶

泡沫爭吵的海浪重覆
撲上應許的島嶼
故鄉還在回想裡逃亡
雀鳥飛行的意志
隨太陽變色著青天
叛亂的死亡遍地
鮮血凝固民國的心事
唯統唯一的命運
像銅像獨自獨白的自己

7/19/2009

起訴歷史

他果然被起訴收押
舌根嚼爛的口水泛濫
未來的牽連恐怕會動搖國本
故事隨著謠言一變更

衷心讚揚過他的同志
現在沈默不敢作聲
死忠糾集的群眾仍在起哄
吵吵鬧鬧抗爭聲援

親蜜的戰友挺身出來
揭發他更多犯罪的事証
私心仰慕的粉絲擦脂抹粉
給他非常響亮的飛吻

故事各有各的改版和説法
如同人心隨時隨地改變
收押的歷史正在送審
不久會變成連續劇一再重演

10/18/09

二〇一〇慶祝國慶

我們每天收看電視
一邊吐口水一邊數落
總統在台上主持慶典
流雲在眼睛裡飛飄
白白的牙齒真白
日理萬機的腦袋裡
真相千絲萬縷糾纏著不清
白日在青天裡衰老
下台的總統在監獄裡放風
新公園已經改成二二八紀念公園
一片碧綠發亮的草地
對抗著一片十月的天空

太陽是用過丟棄的打火機
這島國剩下的不是煙灰
抽過長壽煙的
給民族救星拜過壽
都到歷史裡頭喊萬歲咳嗽去了
這國家像個煙灰缸遺棄
抽煙的人少了
牙齒刷地白白的

夢魘的天使在天空背後
島嶼剩下的是石頭和浪花
潮水每天前來清洗
歷史撤退的記憶

我們每天喝茶看報
一邊看一邊吐痰
蒼蠅整天嗡嗡不停
這罵天罵地的島國
一個個推三阻四的腦袋
千萬個謠傳和閒言進去
卻沒有任何結果出來
這老天咀咒的島國
天空真的很低
死者在土裡伸著懶腰打著哈欠
邪靈在我們的心裡苦苦麻煩
開始又一天的工作

10/10/10

政治俳句

1

豎子走上台的時候
不能站直

2

所謂罄竹難書的
去了節的竹子
信口吹出深綠的曲調

3

愛是不說後悔
當愛台灣成為口號之後
我們的愛沈默
有說不出的後悔

4

到處都是嗆聲
我們的耳朵已經生繭
卻仍然被他的聲音
高分貝嗆到

5

礙腳的石頭搬開了
他走路的姿態
開始搖擺

6

不被承認的國家
有不被承認的總統
也有不被承認的人民

7

青澀的果實抓在手裡
就立刻成熟
他隨意移植碧綠的樹木
繁榮茂盛一個國家

8

首領在廟堂裡消磨陽光
講究著齊家治國
褲子裡撲翅抓狂的鳥
閉著眼睛相信黑夜

9

樹向天空伸展
太陽成為后土的信仰

落葉歸根
火焰必然成為
灰燼的信仰

10

雲朵帶著天空飛行
在日子背後
沒有夢的都城
首領如常做著夢排著泄
趁機摸黑一些事情

11

日常用過再用的用語
像洗牙一樣
首領留心保養膚色和臉色
用眼色和天色交換

後　記

　　寫詩三十年，沒有什麼人討論過我的詩作。早年在笠詩刊登過幾首政治詩，沒人理睬。二〇〇二年出了本政治詩集《山無陵》，自認爲是新詩有史以來最激越深刻的政治詩集，很遺憾這些作品不爲詩壇注意。將近年來的詩作，整理出來一本政治詩集，分成美國、大陸和臺灣三篇，仍按寫作的順序排列。承蒙阿鈍爲文〈口腔運動 —— 讀呂建春政治詩〉，並允許以之爲序，不勝感激。

　　詩集《苦苓的政治詩》的跋內，苦苓希望：「我們真的進入了沒有政治犯的時代，也讓這是民國最後一本政治詩集」。然而沒有政治犯，政治詩還是可以諷刺政客或批判時事，在政治發燒的臺灣社會，總會有無盡的創作題材。社會上政治還在發燒狂熱，而詩壇上的政治詩已被潮流淘汰？老一輩詩人早年多少都寫過反共詩，後來都不寫了。現今笠詩社成員們只反國民黨，卻不寫反共詩，而創世紀連政治詩都謝絕刊登。這是台灣詩壇上很奇怪的「寒蟬效應」和「色盲現象」。

　　鄭板橋：古人以文章經世，吾輩所爲，風月花酒而已。逐光景，慕顏色，嗟窮困，傷老大。雖刳形去皮，搜精扶髓，不過一騷壇詞客耳！何與社稷生民之計，三百篇之旨哉！

　　詩不能使任何事情發生，但發生的事情可在詩中見到端倪。

11/14/2010